賀新郎
楊富閔
自選集
囍

賀新郎

楊富閔自選集

目錄

自己的新人：讀楊富閔自選集《賀新郎》

言叔夏

我一直記得初識富閔時他告訴過我的一個故事。那是關於他童年每搭父親的車出門時，總會在照後鏡裡看見一個戴老虎面具的男人，和他一起坐在後座的事。他們或從臺南大內那幽深山區的古厝老家裡駛出，途經田地、廟宇、小學校……駛出了村落，到鄰鎮或更遠的「臺南」去買辦什物；或只是驅車在村落細小巷弄的瓦厝間逡巡田水：路過了嬸婆、叔公、姆婆……車窗外掠過的老人的面孔，深陷的溝紋，隨著鏡頭的推移，又運轉回到了父親在駕駛座上操持方向盤的側影了（那是不是很類近一捲手搖鏡頭的畫軸？）；他是在很久很久以後，才意識到，在童年父親的車廂後座裡，一直始終只有他一個人。那老虎面具的男人是誰？他到什麼地方去了？後來我在他的散文裡讀到他兩三歲時躲在紅眠床底下對著空氣比畫；讀到他幼時腹痛，父親帶著他到村裡清水宮的神桌底下，對桌底一尊虎爺說：「您老朋友，咱呼請來照顧你。」總不免想起這個故事。想起那名之為「南方」的「鄉土」裡，人與他物的關係有時竟也像一條拋擲的線，被某些不可知的力量拋出，掉落在語言難以追企的地平線上。那使得寫作這件事，有時更像是一種到遠方的草叢裡去帶回一顆棒球。有時寫作者並沒有真的在草叢裡，找到過那顆被某種未知所拋出的球，而是帶回了一些別的什麼。我揣想那可能是一個這樣的場景：他在那遙遠的（可能是右外野）草叢裡找到一支電話，一組號碼，一張被棄置揉皺的地圖。他（彷彿受到暗示般地）撥打了那支號碼。電話的彼端是許久許久以前，某個早已被遺忘的午後，父親車廂後座的老虎面具男人，口袋裡的手機（當然按理說九〇年代是不可能有的）遂嗶嗶地響了起來。男人身旁的小孩抬起頭，好奇地問：是誰打來？

這條折返的曲線，用一種全新的時間性，置換了「鄉土」這一詞彙的內涵，幾乎是所有共同擁有過一個南方故鄉的書寫者，都曾經歷過的一段時差旅程。所謂寫字，必定與離開有關，與回返有關。兩點之間的折返，其實是一個臺南偏鄉少年的地理拓樸路徑。不同的是他的私史／家族史寫作卻彷彿總有一座龐大的後臺支撐——前臺是神仙打架的宮廟陣頭，後臺則堆砌著凌亂散落的臺灣史道具箱。他寫守寡的祖母與水災裡被曾文溪水吞噬的祖父。寫祖父採集砂石的死亡現場，正是那樣不偏不倚地鑲嵌進戰後臺灣建設史的卡榫凹槽。他寫他多年以後在離家數百里外的臺北城念研究所時，某日竟在圖書館的微捲機器裡，看到祖父遭難報導的舊報紙。寫他將報紙影印護貝後帶回臺南老家，分送給父叔，並因而和父親再次回返到祖父罹難的曾文溪畔——這條河他曾在童年時與父親小叔一起來抓過河蟹、溪蝦，抓過外來種的筍殼魚與大頭鰱；溪畔不遠處即是祖母的娘家；而沿著村頭的路口再往前一哩，孤懸在地圖上村落裡的一間萬應公祠，祖父與其他更多更多，無主無路頭的孤魂，正長棲在此處。南方的抒情忽而平原般地攤展開來：以其破碎而拼貼的時間性，將自己一路撿拾回來。

多年前我曾去過他那位在永和拐過了無數巷弄、終於抵達的漆有紅色鐵門的臺北老式公寓（現在回想，竟是我在臺北時期少數拜訪過的友人家）。屋裡幾座高大的隔間櫃，圖書館般按書系、出版社排排坐落，儼然是他書寫舞臺的幕後方陣。那很像一個古老機器人頭部的操控室：按下按鍵，派出另一個微型的「我」，飛抵至半個臺灣西半部的大內，朝他遠方的故鄉發射光波。也極像一個知識的實驗室，人類學家的大後方（李維史陀？），退守與後備的位置，是他長年出入鄉土現場與學院圍籬的根據地。屋裡的刺點是一張用以寫字吃飯的南部拜拜折疊桌。在我的南方的記憶裡，幾乎家家都有的那樣一張折疊桌——那桌子每每到了初二十六總擺滿牲禮與祭物，桌上常有未拭淨的香灰；我的臺北友人很難置信我到高中畢業以前，都還在那樣的一張桌子上伏案寫功課（搭配辦桌時的小圓鐵椅）。雞兔同籠與世界地理，都是在那樣的一張桌子上攤展開始的。偶爾星期天裡出嫁到不遠城市的姑姑帶著表妹表弟回家吃飯，折疊桌總會被母親一聲令下收回權充餐桌，我總要手忙腳亂地把桌上的英文講義與數學考卷，清理到房間去。就是這樣臨時的、彷彿流浪演藝團般的，一個南方少年少女和世界接點的開始；直到離家以後，我再也沒在小吃店以外的其他地方看過那桌子。

實驗室裡的臺式折疊桌。輕裝上路。也許更久更久以前，我們從不知道它可以折疊再折疊，小得可以放進口袋，袖珍玩具那樣被攜帶至彼方的城市，再重新攤展開來。一桌二椅，戲棚就此搭起，招喚出一支嗩吶吹奏的隊伍：迎神、送死、婚嫁、病煞……諸種人生過場的儀式。而穿梭其中的敘事者「我」卻始終像個「新郎」，有時現身在喪禮現場，廣播員那樣為你一一導覽；有時則像要鋪陳自己的來時路（他的紅地毯——）。在這個場景的下游，自選集《賀新郎》集結了富閔十年以來的創作：從大度山時期的《花甲男孩》、《解嚴後臺灣囝仔心靈小史》系列、《故事書》兩冊……選集命名為「賀新郎」，本身就是一種具高度寫作意識與重層文化符號的暗示：「賀新郎」典出宋代詞牌名，然楊富閔在此顯然劍指其意符（那或是從國立編譯館的中學課本裡剪下的一個詞，如同他過去熟稔的技術——），意取「新郎」的具象，並將之衍化進他的鄉土風景裡：喪禮、宮廟、媽祖、鑾轎……這些宛如陣列排開的符號，彷彿也為我們剪裁出了獨屬於作者「新郎」意象的剪紙；是那種紙紮人偶式的、既發散著某種死亡氣味、同時也弔詭地（以其紅色的意象）指向一種新的循環的開始。「賀新郎」最讓人玩味之處在於「賀」字——如果「新郎」是作者對自我的期許與祝福，那麼，「賀」的主體又是誰？我認為這個動詞某種意義上指陳出他長年以來作為一個故鄉書寫的觀察者位置：「賀」使作者的自我在這裡裂解為二，兩個富閔悟空猴毛般地變現。而書寫者彷彿掉落出紙紮人偶外的主體，將自我指稱為一個客體來道賀：一位新郎，新人——新長成的人：對那將要成為「新人」的「我」作揖道賀。這一變身，既是告別，同時也是新生的開始：彷彿喜喪的最後總要用一串鞭炮來作結。送走了家族裡最老的人，一轉身就要變成一個最小的孩子。時間的迷宮，主客體的換位，自己，既是自己，也是自己以外的他人：我們「現在」怎樣當兒子？我在臺南「做」囝仔。這是花甲男孩的現代性奧義了。

新路伊始。來日方長。祝福新郎富閔。

＊言叔夏，作家／東海大學中文系助理教授。

界限、溝通與愛：楊富閔的寫作

鍾秩維

一、

言及晚近在臺灣崛起的寫作者，不論就作品的質與量，或者橫跨的面向之多元來衡量，才剛過而立之年的楊富閔都可以視為箇中的翹楚。到目前為止，富閔已經結集有《花甲男孩》（2010〔2017〕）、「解嚴後臺灣囝仔心靈小史」兩冊（2013〔2019〕）、《休書：我的臺南戶外寫作生活》（2014）、《書店本事：在你心中那些書店》（2016），與《故事書》兩冊（2018）等豐富的成果。[1]以出版時間來看，幾乎是每兩年就有一部分量飽滿的創作集與讀者分享——

1. 至於近來備受矚目的「文學改編」、「文學轉譯」領域，富閔也有非常亮眼的表現。

熟悉富閔作品的讀者想必都會對「分量飽滿」這個說法會心一笑——而不同於只是素樸地將發表在媒體上的文章輯錄，富閔總是異常認真地編輯這些原本散見四界的文字，在作為一框架的一本書中給予每篇文章一個恰當的位置；同時以既有的骨幹為藤架，新增添補海量的內容，而在這一過程中順藤摸瓜，迎接那成形中的、即將到來的作品。

難得的是，經過富閔的組織、綜合，不僅這些因應差異之邀稿、那些發表在不同欄目的文章，讀來少有隔閡，原有的舊雨和蹦出的新知亦無斷裂之感，全書渾然一體，足見他調度的超能力與增長的超彈性。如這般的「混搭」卻可以保有一致性，「疊加」仍能維持整體感，所仰賴的實為寫作者訴諸「形式」和「內容」的高度自覺。此處所謂「形式」與「內容」一方面是在作品內部來說，顯示的除了是富閔豐沛的「故事」來源——而富閔的「故事」之所以能如此令人嘆服地源源不絕，大概源於其人對不論瑣碎隆重、順逆高低的生命經驗始終秉持一份虛心，保有開放的態度——更是他對「說故事」——將「故事」概念化——之方法的用心著墨。而用功於「說故事」方法學這一點，也使得年紀輕輕的富閔儼然已樹立一套特屬於他的「文體」，即使在無邊無際的文字汪洋中也能輕易辨識出：「啊，這是楊富閔的聲音！」

另一方面，這裡的「形式」與「內容」大可也放在「書籍」本身的層次來看。富閔其實也是一名有想法的出色「編輯」，他對於「書籍」作為一種集錄內容、使之流通的實物，它怎麼比較精確而整全地呈現給「讀者」，充滿想像和期待。《故事書》系列尤其展現了富閔這部分的功力。就內容來看，《故事書》堪稱一部圖解辭海，現代以來臺灣一鄉鎮可能發生的故事都可以在其中找到對應。然而這些故事彼此盤根錯節，相互牽起因果的網絡，卻也保留獨自呼吸的餘地，如何編成「可讀」的一本書是個考驗。富閔先是編列諸如「地號」、「農暇」乃至「節拍」等不一而足的「索引」，藉此分類歸納，為混沌的生活理出原則性的秩序。不過「故事書」並未按照索引分輯，若然恐怕讓流動於文章之中的生活感纖維化。相對地，富閔選擇打散索引的條目，放下規範的絕對，釋放出餘裕，讓故事與故事重新交互感應、蔓延生長。

我們刻正翻閱的這本自選集《賀新郎》，它的文體、它的組構基本上也發揮著上述的特徵。不過這種風格、體式究竟是怎麼生成的？富閔的文業還持續地在開展，日新月新，本文不敢妄下論斷。以下僅嘗試提供一些初步的想法。

二、

一般認為，在戰後臺灣文學史上有兩個關鍵的世代，一是大約出生於三〇年代末至四〇年代初的一代人，如白先勇（1937－）、王禎和（1940－）等；一是以比如蘇偉貞（1954－）、朱天文（1956－）為代表的戰後嬰兒潮世代。[2]前一個世代透過引進「現代主義」來為臺灣文壇書寫的技術、美學的標準，奠定自主的基礎。而在這個世代內部，根據如何界定「文學」和「現實」的相對位置，還可以區分為比較保守的，主張文學宜和現實保持距離的「現代派」；以及更為介入的，提倡文學必須改造現實的「鄉土派」。這一波引介、乃至辯論美學現代主義的浪潮從六〇一直延續到七〇年代。然而當時間來到八〇年代，隨著臺灣社會逐步邁向解嚴，資本市場漸漸興起，報紙副刊、文學雜誌，乃至文學獎也都順時應勢，愈發渴望刺激大眾消費的慾望。在此時初出茅廬的嬰兒潮作者遂亦開始試著將前輩所引進的美學風格，朝向更專業、同時也投市場所好的方向帶領，期待藉此在新的潮流趨勢中博得矚目。這一轉向的好處是增加了文學在大眾媒體上的能見度，但是與此同時，服膺於市場律則，卻也使得通俗、媚俗的疑慮尾隨而來。

接下來讓我們以「地方」的書寫——[3]這是富閔文學中骨幹、中樞一般的主軸——來實際印證前述的趨勢。談到「地方」，在戰後文學發展的歷程中，首先值得注意的是鄉土派重新描寫臺灣的鄉鎮、農村之境遇的實踐。在鄉土派作家的筆下，臺灣的鄉下地方一般而言是用來對比於城市的純真地點，兩者雖然都深受外來帝國勢力的迫害、欺凌，或者被資本主義文化所蛀蝕，但較諸甘願沈溺於紙醉金迷的城市，保有臺灣本土堅毅強韌、生生不息生命力的鄉村不啻蘊含著解放之道。而鄉土一派的信念毋寧是想藉由「文學」來介入「現實」的改造。而在八、九〇年代，紙媒對於內容的需求大幅提高，輔以解嚴以來縣市文學獎的興盛，書寫一地區之鄉鎮風貌、農村民情的風潮逐漸成為流行。不過相較於「地方」在前一世代被戴上革新現實的荊棘冠，這時候作家描寫「地方」的方式多半採取一種比較淡漠的口吻、更為疏離的視角，乃至跳脫現實條件約束，逕以奇幻渲染者也所在多有；而在心態上，新的世代也傾向給予個我抒情的餘裕，不再是橫眉豎目地為苦難疾呼。然而若此的轉變不意指新崛起的作家完全脫離現實，一味將「地方」奇觀化。藉由抒情有之、奇幻有之的疏離立足點，他／她們之中的佼佼者淡定地游離了鄉土派所制定的，寫作必得是政治介入的議程，因為這樣的訴求容易扁平化文學表意複雜、曖昧的多義性。

2.見如張誦聖，《現代主義・當代臺灣：文學典範的軌跡》（臺北：聯經，2015）。

3.以往論者常常將富閔的寫作定義為「鄉土」書寫。然而嚴格來說，「鄉土」在臺灣文學史上指的是誕生於七〇年代的一種特定的社會寫實風格，有其屬意的民族主義意識形態。以此來囊括所有的鄉鎮、農村寫作似有過於寬泛之虞，恐怕也不能說明後來縣市、地區文學獎興起後的文學流變。本文暫且以「地方」書寫來指稱富閔文學中的有關鄉村、區域的主題。

楊富閔的「地方」書寫必須放在這條軸線上來評估，始能見出他的創造力特別突出的地方。首先，富閔先是以文學獎的常勝軍之姿在文壇廣受注意，他的第一本集子《花甲男孩》除了〈花甲〉一篇外，其他都是文學獎（且不乏縣市文學獎）的勝利作品；而後續富閔且以在三大報副刊，乃至著名文學雜誌上從事專欄寫作，來推進文學事業的往前。凡此跡象都顯示出，富閔所依循的不外乎是八〇年代以來形成的那一套文壇RPG遊戲，富閔之特出點一方面是他炫風一般極快地就把該闖的關卡都通過了。而之所以能年少有成，仰賴的首先是富閔扎實的文學基本功，結構嚴謹、文字生動、言之有物向來是他的作品留給讀者的首要印象。再者，富閔也非常敏感於臺灣社會時下流行的語彙及關鍵議題，而且能夠靈活地將之挪用到作品裡面；前者——僅拿《賀新郎》的篇目來說——像是「同框」、「超高清」與「世界中」，後者比如偏鄉、廢校、族群以及臺語文。不過另一方面，富閔對於這些流行話語的關注和汲取不以「描述」為滿足。遠非「有寫到」就好，富閔在追趕潮流的同時，同步也在主流的青睞、大眾之觀感前設下弱波石，以此保障反思流行、抵抗流俗的批判空間。史料與流行素材的援用在富閔的作品中遂擺脫了平面的鋪陳、炫技的展示，他總是能夠從現象的描述中提煉出深一層的、比較普遍的思想性。這或許才真正是楊富閔的書寫之能夠引起廣大共鳴、之所以卓然超群的理由。

而這個提煉的過程常常是從「語言」——也就是「說故事」的方式——本身著手。以〈暝哪會這呢長〉為例，此作是《花甲男孩》的首篇，亦為《賀新郎》之開頭，足見富閔對它的看重。〈暝哪會這呢長〉是篇得到大獎肯定的小說，就內容來看，它述說的大抵就是偏鄉的老人、人口外移與隔代教養等時與社會議題。但是，我們在行文中看不到露骨的社會批判，也未見溫情的和解。[4]沒有非此即彼的極端，富閔更願意呈現的是，那一些在社會變遷中淪為弱勢邊緣的人物，他／她們對外面世界、對嶄新潮流樂於去了解的開放心態；而與此同時，關於鄉村生活與人文傳統，他／她們也自持自重地看守，充分彰顯了其人不流俗的性地。在這種雙重性的驅使下，阿嬤楊蔡屎既能車孫子到臺南市觀賞《鐵達尼號》，一起看電視選秀節目猜冠軍，使用手機，也知道離家的孫女透過網路和孫子維繫聯絡；但是在樂意接受新媒體的同時，她也感嘆它本質上的「無情」。這樣的感嘆不好僅歸咎於孫女的離棄，還必須放在「三合院」老邁飄零的境況中來理解。「三合院」作為一個農村人際關係踐履、傳統人文精神實現的符號

4. 我們或許會因為〈暝哪會這呢長〉開頭與結尾的「現在，我們祖孫三人正坐在發財車上。緊緊依攏相偎，把全世界擋在車窗外。」而將故事朝溫馨的方向解讀。但更細緻來說，這一段話與緊接其後的「現在，我們正準備，離開大內。」形成離合的緊張關係。這種拉鋸涉及〈暝哪會這呢長〉的敘述者的「不可靠」，以及由此產生的對於文學表意的反諷、反思。詳見以下分析。

空間，它之變得空曠、顯得零零落落在故事中引起楊蔡屎巨大的傷逝悲哀。而孫子的敘述者「我」澄清這份感傷，試著體會大內一姐的榮光與落寞，她對現世的多情和無奈，而且見微知著地將它提升為對「地方」的整體性思考——

> 三合院內表演的民俗團體，牽亡歌、電子琴孝女、鼓吹陣，以及入夜家族大小在三合院前繞一個大圈燒折合陰間上百億的紙錢。多麼懷念的送葬時光，次次我都不甘心地走在出殯回程的路，很大這張以死亡之名牽起的大網就這樣散了、斷了。然後，再也無關。我們都是哭就是哭，笑就是笑，沒有想過跟全世界站在同一個線上，更像是要排擠全世界。然而急速的死亡也急速帶著一個家族走向沒落，一個家族的沒落，往往牽動著一個老鄉的衰退，這些被忽略的老鄉，與那些早已無人祭拜的孤墳上長滿一季季的芒花、那些眼神呆滯等在養老院群居視聽室看綜藝節目的老人有什麼區別呢？我們的大內如此孤絕……我們的鄉——大內，還剩下些什麼？（頁37－38）

在這裡，「三合院」的內外、今昔、興衰被提升為故事中一組環繞「界限」而展開的核心比喻，[5]循此衍生出有關家族之親疏、網路媒體之連結與阻絕、「全球VS地方」，乃至生和死，自我與他人等一系列設想。而當笑與哭都失去了踏實的理由、習以為常的指涉，如此的偏鄉大內到底剩下什麼？在這個語脈中重新估量呼語一般漫遊在〈暝哪會這呢長〉字裡行間的「大內無高手」，「惟一姊」、「惟孤獨老人」之宣稱，它就不單純只是「我」的夢囈，而大可據此進一步推敲，富閔對於言及「大內」立刻連結「高手」的膝蓋式反應，其實非常抗拒。只因「我」心目中的「大內」非一句方便的成語，而是被拋棄、遭遺忘的「孤單老人」獨居的落寞偏鄉，更是努力將生活過得精神的「一姊」，她託付生命、成就意義，氤氳著靈光的時空。在此觸及的無非也是關於內外、興衰、生死的提問，而「大內無高手」，「惟一姊」、「惟孤獨老人」之呼語遂是對「界限」比喻的一個總結，透露著界定自我、表出情性的強烈期盼，宛如一句詩。

不過，〈暝哪會這呢長〉對於如何向他人述說自我實際上充滿困惑。這篇小說的敘述觀點非常值得深入分析。〈暝哪會這呢長〉的情節基本上由「我」的主述（「我」說「我」自己），與轉述他人（阿嬤、姊接等）故事，兩條軸線交叉衍生。而隨著小說的展開，「我」反覆認證自己與阿嬤、姊接之間處於「說故事」與「聽故事」的表述（address）關係，深語彼此既是對方的發訊

5. 楊富閔文學中用來比喻「界限」的另一個顯著形象是「曾文溪」。在〈暝哪會這呢長〉中，曾文溪也確實有發揮作為界限之比喻的功能，詳後。

人，也是受訊者，這一點很值得留意。畢竟有意識地坦白、暴露這一層發受關係，其實意謂著「我」高度意識到作為一種訊息的「故事」，它之總已經是「中介」的本質。來往於嬤孫三方的訊號傳遞，那些消息的內容及其被述說的方式，因而都是經過選擇的表達，參雜著情感的顆粒。

讀者於是恍然大悟，即使「我」、阿嬤，或者姊接用盡全力來解釋愛與恨的所來與所去，那終歸是「不可靠的」敘述；若然，那麼不僅敘述者、阿嬤和姊接所表出的個我皆為不透明，乃至「我們」作為一起排擠全世界的共同體亦透露了不穩定。在這個點上，我們觸碰到〈暝哪會這呢長〉另一層次的哲思命題——「溝通不良」。而不良的溝通，理解的難能，恰恰與〈暝哪會這呢長〉所描寫的各種新奇（網路、手機等新媒體）、甚或離奇（故事中宗教的儀式、阿嬤通靈般的感應）之連結他我的管道，形成衝突的對比，竟至喚起一股反諷的凜然。而稍微從文本抽離出來看，這裡的反諷不妨也可讀解為前面所說的，在面對他發表文章、出版書籍的文壇時，富閔採取了一個既親且疏的距離。通過這道距離，富閔遂得以對主流觀看「地方」的積習、追求流行的躁動，保持著自問、反思，乃至批判。

這樣的走法顯示出以寫作為志業的富閔，他對於「『書寫』為何？而『書寫』又何為？」這道命題自覺的「後設」思考。其結果之一也就是本文前述的，富閔在「說故事」的方法，在「文體」上的斟酌與鍛鍊。不過可貴的是，沿著這條道路，富閔並沒有率爾做出「所有『真實』

皆屬虛構」的所謂「後現代」宣稱，這樣的論調在八、九〇年代以來的文藝圈蔚為流行。相對地，富閔顯然還相信「說故事」和求索「本真」（authenticity）兩者的有效關聯。在這條追尋的道路上，啟發富閔的一個重要前行者大概是李渝（1944－2014）。識者應該不會反對，對於「小說」之為「小說」的虛構和真實問題入木三分的後設思考，是李渝的文業留給後之來者的一份珍貴遺產。李渝透過「多重渡引」凸顯框架、觀點等技術的人為向度，但這未曾終止她在文學中求「真」，對李渝來說，書寫始終承諾拯救的可能。換言之，李渝終究是在藝術中寄託了意義的顯現、頓悟的契機，而視寫作為提升生命超越凡俗的不二法門。在她的理路中，不難見到經典現代主義深奧的痕跡。

相較之下，富閔對於孰為真、孰為假的解答簡潔扼要——不過卻也「困難」得多，因為它攸關本體，非僅是認識——「愛」。用楊蔡屎的話來說，就是「心」、就是「情」。「愛」的能力，「有心」、「有情」，使得富閔故事中的人物能夠聽見浮沉於字面上下的話中話、弦外音，即使境遇再困苦不堪，言詞多麼針鋒相對，處境如何地充滿矛盾，其人也總能找到足以「同情共感」的線索。以〈瞑哪會這呢長〉中的姊弟互動為例——

> 這個故事是眞的，因爲姊接就這樣消失了，直到我在「大內兒女」的部落格找到她且開

始隱匿身分和她對話，當她生命中的路人，也當一個充滿疑惑的弟弟，我才多少讀出，她爲自己做的第一個決定。（頁34）

復讀畢，我有種直覺，姊接就要回來了。她確實走火入魔，可走火入魔不就是一種執著，執著就有痛苦，我可以感覺姊接的痛苦。（頁42）

姊接，我感覺到妳的病。我感覺到妳對溝通不良產生的焦慮與不安，無話可說無言以對……姊接，有條隱形的河流在我們之間，也在家鄉外面。我揣想那是曾文溪，曾文溪水繞在大內鄉的邊境，乍似護城河，我卻以爲那是深不可測的深溝。（頁42－43）

至此，「界限」的比喻（曾文溪）和「溝通不良」的主題接駁在一起。而富閔拯救偏鄉，將苦命人從命運的畸零的處境中提升起來的方式，毋寧就是在「聽故事」與「說故事」的流動中，辨識那或者稱為「愛」、「心」，或者「情」的軌跡。

三、

在前一段落中，本文聚焦在〈暝哪會這呢長〉來說明現階段楊富閔文學主要的一些特徵，他念茲在茲的核心思考。而〈暝哪會這呢長〉所開啟的文體鍛鍊、主題探討，實則貫串著富閔這十年來整個的寫作過程。從《花甲男孩》到《賀新郎》都以此作開篇，實有其必要。且以自選集《賀新郎》提綱挈領地追蹤富閔十年來的探索——〈三合院靈光乍現——古厝埕斗的同框敘事〉及〈曾文溪之戀２０２０〉等篇延續而深化了有關「界限」之擘畫與解體；〈我們現代怎樣當兒子〉還有〈為阿嬤做傻事〉則繼續著如何化解「溝通不良」，怎麼流暢地表情達意的提問。〈我在臺南做囝仔〉與〈21世紀的試膽大會〉重省「我」之成為「我」的多重時空脈絡；〈世界中：失去聯絡〉和〈鬧廳：超高清失散隊伍〉經由「送葬」行列的來來去去輻輳人世間的悲歡離合，一股肅穆的悲傷流淌其間。〈我的媽媽欠栽培〉搭配〈機車母親〉是多情人子對心愛母親的告白，而〈逆天的人〉進一步以「有情」的書寫逼視天道的「無情」。來自《故事書》系列的〈纍纍——大溪仔尾的故事〉、〈河床本事——內在的國土〉、〈破布子念珠大賽——搞剛的書寫〉以及〈字幕組創作課〉實現了一套足以綜合抒情風格和本土主義，幻想與現實，告白體、乃至地誌書的說故事的方法，彰顯的毋寧是富閔在「文體」方面的大破大立、大開大闔。而循此，富閔終於能招喚、牽引〈大內楊先生十二位〉。〈大內楊先生十二位〉由十則清新可愛的小小文字帖組構而成，不過本質上卻是以書寫來招魂，富閔試圖喚起那些遠行的逝者，去而不復返的往日時光。讀著讀著竟有想哭的衝動。如同〈暝哪會這呢長〉的低吟：「多麼懷念的送葬時光。」

而這一連串的深刻思考都奠定在富閔對於故鄉「大內」的「愛」。期待這位來自臺南山野的「好新人」（「賀新郎」音近臺語的「好新人」）終能寫成一個老作家。現在，讓我們掌聲歡迎——楊富閔！

＊鍾秩維，國立臺灣大學政治學系畢業，並於同校的臺灣文學研究所獲得碩、博士學位。曾任美國哈佛大學費正清中國研究中心 Hou Family Fellow，中央研究院中國文哲研究所博士培育人員。研究興趣包括臺灣文學、抒情傳統與當代批判理論，著有博士論文《抒情與本土：戰後臺灣文學的自我、共同體和世界圖像》（2020）。

暝哪會這呢長

現在，我們祖孫三人正坐在發財車上。緊緊依攏相偎，把全世界擋在車窗外。

現在，我們正準備離開大內。

大內無高手，惟一姊，惟阿嬤。

我開始在姊接的部落格留言是在去年夏天，芒果花開水水的季節。我們的故鄉——臺南縣大內。四界攏是花香味，花香味沿著曾文溪水從玉井走幾個彎道飄至大內，讓我想起亦是去年夏天大伯公的葬禮，送葬隊伍內人手一枝香水百合天人菊向日葵地走在鄉境村路上，香味貼緊了我們麻衣麻帽與頭披，上百子孫們按輩分順序，以各色孝服標記身分，一路過廟過橋過路邊人家地到火葬場，我與姊接並排送葬隊伍最後頭，新生代，連孝服都不穿。

我開始習慣每個星期五晚上十二點在姊接的部落格「大內兒女」留言，與她保持聯繫，我企圖張開一面家族血系的網，想在虛擬世界把她撈回大內岸邊，於是我手邊有了四張訃聞。分別是二〇〇〇年的曾祖母楊陳女、二〇〇二年的大伯婆楊陳懷珠、二〇〇五年的大姑婆鄭楊枝，至最新一張二〇〇七年大伯公楊永德。我以這群同姓氏先輩之名留言，隱藏身分卻不斷介入敘述，我仰仗亡魂輩的身分背景感到安心，卻不停地加入我的口氣與回憶混淆視聽，我想要撈回這個棄家而走的姊接，像託夢、像陰魂不散般在「大內兒女」與姊接對談——關於她決心當個不孝女這檔事。

「不孝女！女孩子不嫁是要留在家裡當虎姑婆是不是⁉紅閣桌上是沒在拜姑婆的！她死後看誰要去拜她！沒得吃！去做孤魂野鬼！」大內一姊每天下午五點在三合院前復健時，小學生般默背課文地念一遍給我聽。

我說：「阿嬤！妳真三八！煩惱姊接做鬼還會肚子餓！姊接在處罰妳！真正不孝啦！要妳逐工攏要想她一次！不孝不孝！」

阿嬤是我的大內一姊，大內無高手，惟一姊。

八年來，我們三合院以極恐怖的速度連辦了四場葬禮，走了了啊，大內一姊總說：「早前埕上不時攏有人影，現在連一隻貓攏無，攏走了了啊。」

我說：「阿嬤，但是妳現在就是尚大的！妳講的話尚大聲！尚準算！」

姊接與我從小就是大內一姊帶大，她是典型的做田人，典型的那種不是很高，膚質卻黑得很健康的阿婆，她的臉從每個角度看都像極了大內鄉朝天宮的那尊媽祖婆，肥嫩啊肥嫩，真慈悲，可她也是個難搞的女人，我們三合院內沒人敢惹到她，祖產分瓜，動輒幾百萬的土地賠償金，她一人代表我們這房去開會，聲頭真正親像雷公塊陳。她一生交手過的水果比男人還多，種出來的柳丁酪梨金煌與愛文往往是貨到果菜市場就被販仔包走，真實在。她三十歲就死尪，才生一個兒子，一路寡人拉拔兩個孫子到現在，我們不能算是沒錢人，因為我們相較同輩分且有爸媽照顧的同學而言，大內一姊對我與姊接的教養之路，可說是潮流極了。大內一姊總是很潮，她很潮地騎著一臺野狼１２５載我們上下課，儘管我們的三合院僅離大內國小一百公尺，她且在政府尚無規定騎機車需戴安全帽的年代，就要我們姊弟頭頂全罩式安全帽的跟她四界去，我無法忘懷她左腳打檔的姿態，以及引擎運轉聲中她既溫柔卻有點感傷的歌聲，那首〈暝哪會這呢長〉，大內一姊的唱功，套句星光大道的名言便是：「音準不重要，重要的是，唱歌就是在說故事。」大內一姊很愛唱歌。她唱的歌都只說一個故事，故事是她很潮地開著發財車載我們去善化學美語、去麻豆念私立中學、去永康吃麥當勞，去東帝士頂樓坐小火車，大內一姊為了讓我們能掌握語言的優勢，且不時教我們幾句日文，她是個很有遠見，且很有 guts 的阿婆，有一冬，姊接哭哭啼啼地從學校返回跟她投：「我不會算數學，老師叫我去死啦！」大內一姊正在埕上跟當時離婚住老家的大姑婆一起曬芒果乾，氣不過，一粒黑半邊的金煌芒果還握在手上就找老師理論去，她進學校尋教師辦公室門眼睛張大找姊接的導師，五公尺外，發現獵物，大內一姊金煌芒果就朝導師的身子丟下去，拉大嗓子：「妳憑什麼叫我孫女去死！我是付錢請妳叫我孫女去死的喔！」大紅造型的導師像粒流汁的芒果回嗆：「妳是誰啊！」「我是誰，妳不去探聽看看，大內鄉朝天宮廟後，姓楊的，恁祖母叫蔡屎啦！阮尪姓楊，我叫做楊蔡屎啦！妳準備剉屎了啦！」我深深記得大內一姊的氣勢讓整個辦公室都硬了起來，真的沒人敢惹她。我還記得小學某一年，大內一姊老早熱車等著下午四點放學的姊接與我要去臺南市，那時候還沒死的大伯婆見了我們要進臺南，便直以為是要去醫院探病，以至於入夜返家後見著我們都有點紅腫的雙眼遂更篤定某某人的病況恐怕不樂觀，其實直到大伯婆死前我都沒機會跟她說明：「那一工，阮阿嬤駛車載阮去看《鐵達尼號》啦！」（那群老人們進城的機會總是少，最常去的可能是奇美或成大醫院，或事業有成在臺南市買房定居的兒家。）便會有人問及我們的父母，據大內一姊的發言：「他們都在美國，他們很孝順，給我錢照顧你們姊弟，只是沒時間轉來臺灣。」（多少年後我才發現，我們從不使用爸媽字眼，太陌生了，遂也成為掉字的一族。）

於是每年母親節，我與姊接便會手工一張卡片獻給大內一姊說：「阿嬤！祝妳阿嬤節快樂！」（大內無高手，惟一姊，惟阿嬤。）

我們祖孫三人誰看來都像是被孤立了，據守在三合院的右護龍。十年來，三合院連辦了四場葬禮，連大內一姊都說：「下一個該不會就輪到我了？」曾經喧鬧的院內，如今走了了啊，剩下我們祖孫三人，站崗般地護著這老土地，無消無息。

然姊接卻樂觀地說：「是我們在排擠全世界啊！」是的，排擠全世界。這句話還真學得大內一姊的幾分神似，見證孫子也不能偷生。也是後來我才知道，姊接決定排擠全世界。

是某個星期五晚上十點多，我們的鄉已經入睡，我與大內一姊還神智清明地在收看星光二班總決賽，我們都賭梁文音會拿下冠軍，可大內一姊在看見賴銘偉融合八家將與搖滾元素的表演後就改口：「我感覺神明到現場了，這個古錐古錐的查甫會贏。」大內一姊是星光迷，她開始看星光二班也是去年夏天的事，除了「星光大道」，她喜歡「型男大主廚」，說阿基師真古錐；她也看「大話新聞」，不時注意李濤的「全民開講」，她常常很激動地要 call in，卻又說浪費電話錢，我幫她辦了一支亞太的手機，買一送一，我也拿一支，網內互打免錢，好讓我方便找到她，她的手機鈴聲是周杰倫的〈霍元甲〉，霍霍霍霍，很吵，這樣大內一姊才聽得到。其實她已經快變成宅女了，時間這麼多，那是因為大伯公出殯那天她沒送，一人在三合院內發落大小事情，儼然已經是三合院內的首席發言人，這下她最大了，根據大內一姊的說詞是她忙著換上新春聯時沒站穩，整人翻身跌埕上，老人禁不起跌，現場工人連忙送她到麻豆新樓醫院，我們送葬回來之後，大內一姊已經上好石膏且手握著扶椅在院內大小聲了。「你們大伯公要帶我一起走，沒那麼容易！」這是後來半年，我因為在家等候兵單，陪她做復健時她總是掛在嘴邊的，聽久了，偶爾還會錯覺她是在埋怨大伯公沒有順便帶她一起走。

那一夜，星光二班的冠軍還真是表演八家將的賴銘偉，名次公布時大內一姊已經在沙發上睡很深，我輕輕搖醒她，扶入臥房。我說：「第一名是賴銘偉耶！阿嬤妳猜對了，甘是媽祖婆跟妳講的？」「媽祖婆早就在睡覺了，是你大伯公大伯婆站在門口跟我說的。」她認真指著門外一角，帶著惺忪雙眼的口吻有點像喝醉了酒，她語氣有點硬，倒像是說：「我叫他們不准進來。外面站著就好！」

大內無高手，惟一姊，惟阿嬤。

我登入無名小站來到姊接的部落格「大內兒女」。像是我們不說開的默契，她每個星期五固定po上一篇新的網誌，或多或少地述說近況，姊接知道我會來看，然後我再扮演一個說故事的人，婉轉地傳達給大內一姊。曾經我們祖孫三人無話不談，繫守許多不能說的祕密，如今我們連說話都像隔著一個世界，好的時候親像在說夢話甜甜的，歹的時候袂似交代遺言。我們都說得假假的，聽得假假的。

我點進姊接新寫的網誌，標題做〈偶像〉：

學生今天模擬考作文，題目叫做偶像，有學生問：「老師的偶像是誰？」學生私底下跟我打小報告，說同學間流傳老師跟和尚在交往。有人看到我出沒在臺中公益路的誠品書局……和一個光頭的男人。

讀畢，我趕緊以大姑婆之名鄭楊枝留言，回應姊接的偶像。

我們姊弟的偶像別無他人。妳應該還記得大姑婆是阿嬤一人開車到佳里鎮給護送回來的，再晚一點，很可能就要被踹死了。大姑婆四五十年婚姻伴隨著一個暴力傾向的男人，那個年代的女人離婚事怎麼能說，被夫婿照三餐打的恐怕也不只大姑婆。但妳知道的，阿嬤不是好惹的，她雙手交叉胸前拎著鑰匙鏗鏘地響，一進對方家門先給那男人三耳光：「阮兜的查某不是嫁來乎你打耶！沒什麼好講，人阮帶走！」我們躲在後車篷一路也跟著到佳里鎮去看熱鬧，回程路上，還不斷安慰淚流滿面的大姑婆，姊接，妳忘了嗎？妳的偶像就是我的偶像啊……

然後，謝謝妳告訴我妳人在臺中。

鄭楊枝

不孝女的故事大內一姊天天都會說一遍，偶爾還會獻上一首歌當片尾曲，我陪著繞院埕復健練腳力，當她惟一的聽眾。這真是個多情的夏天。距離姊接決心與大內一姊對峙已過了一年多，今天的雷陣雨遲到，大內一姊的故事遂比雨先到。

「恁大姊實在真不孝，一定要嫁乎那個半仙啊，么壽和尚不知道跟恁阿姊怎麼洗腦，恁阿姊頭殼裝屎啦！走火入魔啦！卡到陰啦！才會不理我這個阿嬤啦！黑白信，信媽祖就對啦！」

「阿嬤，妳不是常常說媽祖婆攏在睡？」

「但是媽祖婆會清醒，恁大姊沒清醒！她根本就是乎那個光頭耶洗腦！沒路用啦！」

「但是那個光頭有很多信徒耶，也是在做善事，幫人開剖人生啊，親像電視講道的師父啊！電腦上他真出名ㄋㄟ！」

「安怎！恁們長大了！你也要跟恁大姊去信那摳光頭耶！當不孝男就對啦！電腦有毒啦！恁攏信電腦教啦！走火入魔啦！電腦無情啦！」

電腦無情，阿嬤有情。而我怎麼敢做不孝男。

姊接是去年在臺南市當實習老師時，上網結識了光頭耶，那時她就住家裡照顧大內一姊，關於那個光頭耶的故事，我都從說故事的人——大內一姊嘴裡，一步步、一天天聽來的。大內一姊說：那個光頭耶是個詐財斂色的神棍，姊接是被人家放符啊！姊接曾經帶光頭耶回家見她，光頭耶買來很多健康食品當伴手禮，她說那個光頭耶一看就知道活不久了，很不健康，運勢真歹，看姊接順利考上教師正職，要來轉運吸收阿姊的靈氣，大內一姊疑神疑鬼地說：「說不定被那個光頭的帶上床囉，可憐啦……」我從來沒見過光頭耶，但他卻像陰魂般周旋在我們祖孫三人的生活已經一年多，是的，一個不存在的、最熟悉的陌生人。大內一姊告訴我，姊接頭也不回就走了，那個光頭耶就等在我們家門口，她是氣到哭到親像早前阮阿公做他死去，丟下她彼當時，姊接心肝真狠！真無情。

這個故事是真的，因為姊接就這樣消失了，直到我在「大內兒女」的部落格找到她且開始隱匿身分和她對話，當她生命中的路人，也當一個充滿疑惑的弟弟，我才多少讀出，她為自己做的第一個決定。

我相信大內一姊，也相信姊接是個很沒主見的人，因為我們背後就有個沒人敢惹的靠山，讓我們從來不用做選擇。姊接容易被人牽著走、容易感動，喜歡聽悅耳的話，生得漂亮，越大越像章子怡。姊接人生的事似乎都被大內一姊寫好了，她乖乖當個符合老一輩期待的老師，然後嫁給大內一姊看滿意的男人。我總以為，大內一姊在這方面很不潮。我和姊接在部落格上互動的第一篇網誌名作〈暝哪會這呢長〉，彷彿注定重逢在大內一姊的歌聲。姊接像許多年輕人喜歡在部落格轉貼歌詞，附加音樂播放程式。她po：

明明知影　你只是泊岸的船　也是了解　咱只有露水的情分
過了今夜　又擱是無聊的青春　這敢不是紅顏的命運

我閱讀歌詞，邊聆聽音樂程式傳來這首〈暝哪會這呢長〉。遂以大姑婆之名留言，鄭楊枝，我在鍵盤敲下：

妳離了阿嬤選擇自己長大。妳應該深深記得大姑婆的婚姻，也許更熟悉阿嬤總是掛在嘴邊的愛情故事，紅顏如大姑婆與阿嬤，如今如妳。我們都深知阿嬤不願被「壓落底」的個性，於是她可以奪回出嫁的大姑婆，甚至和曾祖母爲了分家另起爐灶而在大廳大罵出口，把神主牌請走。阿嬤常常說：「做人要有規矩！」妳一定想起了阿嬤的紅顏故事，她與阿公更是露水情分、更是泊岸的船。她嫁進楊家短短幾年尪婿就被牛車壓死，她總怨恨彼當時跟阿公決定要去都市，曾祖母硬是要把他們夫妻留在鄉下，沒地討賺，艱苦啊，只好去開牛車。大伯公大伯婆眞正可惡，欺負阿嬤，把那些賠償金全都暗起來，阿嬤說：「我一毛都沒拿到，死尪的是我耶！」

阿嬤只是怕妳嫁不好、被壓落底，尚驚妳是走火入魔，乎人騙去……

所以我該相信，我的姊接，這次爲了愛，決定要搏命演出了？

鄭楊枝

當我漸漸釐清疑問，姊接的離家，其實是為愛出走。為誰而愛？神棍？和尚？邪魔怪道的半仙仔？大內一姊其實也是掉字一族，她可能不知道，這光頭耶最貼切的身分應該叫做——網友。

姊接不過是跟網友走了，一個疑似宗教人士的網友。

大內一姊走累了，要我拾藤椅給坐在院埕上，曬西落的陽光。南部日頭斜射三合院落的每個窗櫺與門口，照在閉門深鎖的大伯公家、照在昔日大姑婆起居的角間廂房、照在大內一姊的野狼125、她的發財車。我且跟著大內一姊席地而坐，仰頭靜靜聆聽大內一姊唱支歌：

明明知影　你只是泊岸的船　也是了解　咱只有露水的情分
過了今夜　又擱是無聊的青春　這敢不是紅顏的命運

那片從山區而來的烏雲消散，今天的雷陣雨就這樣悶在天尾頂，落沒來，親像大內一姊掛在目眶的目屎。鄉內四界真平靜，無消無息，無動無靜。

大內一姊常說，自從大伯公過身之後，咱這些親戚五十就越來越生疏，老的都老了，少年的都少在相借問，我常聽大內一姊感慨，彷彿她開口就是一部大內史。我忽然相信每個叔公嬸婆阿公阿嬤的一生便等同於一個鄉鎮的開發史、一部斷代的民國史、短暫的昭和史，而現今，他們又是走到哪一個時代了？

有時我甚至懷念十年來的四場葬禮，轟轟烈烈，看出一個家族的旺盛。葬禮的繁文縟節反倒讓平時疏離的我們有了表演的機會，我懷念我與姊接在曾祖母過世時和三十幾個姑姑堂姊們圍在大棺木旁真哭假哭的場面，那時候我們都忘了靈堂外的紛擾，只用心做一件事，那就是哭。我也懷念大姑婆出殯那天大內一姊又哭又唱地訴說大姑婆的運命與人生，在場的男男女女也像跟著活了一遍。我們都忽然有事可以做，而非茫茫渺渺於人世間。我們有家可歸，有棺可扶。我亦懷念大伯婆的告別式，三合院內表演的民俗團體，牽亡歌、電子琴孝女、鼓吹陣，以及入夜家族大小在三合院前繞一個大圈燒折合陰間上百億的紙錢。多麼懷念的送葬時光，次次我都不甘心地走在出殯回程的路，很怕這張以死亡之名牽起的大網就這樣散了、斷了。然後，再也無關。我們都哭就是哭、笑就是笑，沒有想過跟全世界站在同一個線上，更像是要排擠全世界。然而急速的死亡也急速帶著一個家族走向沒落，一個家族的沒落，往往牽動著一個老鄉的衰退，這些被忽略的老鄉，與那些早已無人祭拜的孤墳上面長滿的一季季芒花、那些眼神呆滯等在養老院群居視聽室看綜藝節目的老人有什麼差別呢？我們的大內如此孤絕，當鄰近的官田以總統以菱角聞名；當玉井以芒果進軍日本；當新市的科學園區帶動善化房地產的血氣；當七股以鹽田黑面琵鷺翱翔在國人眼裡。我們的鄉——大內，還剩下些什麼？平埔族？酪梨？還是陳金鋒？有一年，我們鄉的曲溪村口蓋了座天文臺，圓形建築彷彿是山坡上長出的野菇，大內一姊曾說：「么壽喔，那個天文臺像我這樣的老人爬上去，剛好順便葬在那裡，這麼高！有誰人會去？」大內一姊絕妙好辭，她形容的天文臺是長在大內鄉獨有惡地形上的一顆肉瘤，看水水的而已。

看水水的而已。

阮的日子平板無聊，阮總感覺尚精采的人生已經過去，就親像大內一姊的青春凋落，阮的一切攏總無意義。

我常常想，這些年輕人大量流失、而老伙仔大量往生後的老鄉村，未來，到底剩下什麼？我們的大內、我們的三合院，大內一姊的大內，到底還有什麼？

「有心，人有心，電腦無心。」大內一姊說過的，換個說法，人有情，電腦無情。

依然是星期五的夜晚、依然是「超級星光大道」的收看時間、依然是深睡的大內鄉，我們祖孫已經從星光二班看到星光三班，可大內一姊往往在十點過後便開始打盹，不再如過往很入戲地跟著一起評分，而我開始偶爾轉臺看談話性節目。街口有野狗狂吠，叫醒白花花路燈、叫醒大內一姊：「么壽狗，吠成這樣，甘是去看到鬼。」我說：「可能是看到祖先又轉來啊……」

「就都走了了啊，轉來是擱安怎……」我常常恍惚感覺大內一姊口氣中的思念，以及她身後龐大的落寞，大內無高手，惟一姊，惟孤獨老人。大內一姊起身準備進房睡覺，她問我：「那個不孝女最近擱有置電腦跟你聯絡沒？可憐啦，姊弟講話還需要用電腦，又不是沒嘴？信電腦教，走火入魔啦……」我說：「阿嬤，妳也可以來學電腦啊，都市很多老人都會打字上網耶！可以跟全世界站在同一線上，阿嬤妳不是最時髦了！」

大內一姊說：「野心這呢大！還想跟全世界站一起？恁大姊，那個不孝女，連自己置叨位攏不知喔……恁們少年人，毋通連自己是誰都不知道喔？」

我點進姊接的部落格大內兒女，神祕空間，彷彿可以存放好幾世代人故事。姊接連發了三篇網誌〈老〉、〈病〉、〈死〉，我一一閱讀且以祖先之聲，彷彿回魂般與她對話，聽姊接說故事。

〈老〉

底迪：

這是姊接給你的日記，最近出入醫院次數頻繁，幾乎以爲這世界都病了。我到便利商店看見 open 將人形大看板竟然哭了起來，結帳時忘了取發票，open 將是不是長得很像外星人？我伸出右手食指感應，在店門口呆了很久。

那天改學生作文，文筆很差，大多不知所云。我逐字讀他們瑣碎與片段的故事，感覺閱讀的障礙。底迪，我們跟這世界，是不是越來越難溝通了？

他在化療，頭髮理光，老病死會不會一起來？

姊接開始在網誌提起那個光頭時，光頭耶已經癌末。多麼像剛要開始的故事，女主角先送給了我結局，而我只好往回溯，或者，乾脆放棄了解。我有點擔心姊接，在文字中讀出她的改變，是她長大了？還是我老成起來了？我回應：

阿嬤晨昏必燒香，三百六十五天大概有一百天都在祭祀，拜各路鬼神。阿嬤最大的支出除了生活費，就是獻給神鬼的錢。她拿香，煙燻得眼淚流，阿嬤在跟誰溝通？媽祖婆？

地藏王菩薩？好兄弟？還是歷代祖宗？阿嬤是在跟自己溝通，她在跟自己相處。她念念有詞說給自己聽，就像這幾年葬禮中的大小規矩，都是演給活人看的不是？都是我們演給自己看的不是？這就是規矩。

姊接，我們這世界還有規矩嗎？

楊陳懷珠

我點閱第二篇日誌〈病〉：

〈病〉

出入醫院，身上像穿著一襲藥水味。陪他繼續化療、頭髮理光光，阿嬤說不準的是光頭耶以前不是光頭，他髮量曾經很多；說準的是，他看起來健康很差、活不久了。我到醫院外的花園走路，看見各國外傭推著臺灣老人在花叢前會聚，外傭們聊開玩開了，放那些吊著點滴、鼻子插管的老人懸著頭晃啊晃，與棄置在資源回收桶前的大小包垃圾並無兩樣。底迪，我想起大內鄉下的那群老人，他們或者年老住進養老院或者一人獨居老厝宅，他們通常都有些成就非凡的兒媳在高雄在南科或者一生從未到過的北臺灣，他們的孫子大概只在暑假寒假才回來，半年長個十來公分不是問題，遂讓久久才見一次面的阿公阿嬤也有種認不出、而誤以為是別人小孩的錯覺。底迪，我想起了阿嬤，也想起家鄉那群照三餐運動打太極跳土風舞手動腳動的老人，他們年輕時都很有活力地在荔枝林芒果樹中穿梭，體力向來過人，卻不明白何以老了還這樣用力運動？我很是大膽地揣測，他們是為了健康，但也許更怕哪天血管不通腳手麻痺不能動，怕勞煩了子女，更怕被一腳送進養護中心，他們可能不怕死，卻怕死後兒子在大陸、女兒在美國、孫子在補習、媳婦在開會，沒時間趕回來看最後一目。底迪，最後一眼，到底是誰在看誰？

復讀畢，我有種直覺，姊接就要回來了。她確實走火入魔，可走火入魔不就是一種執著，執著就有痛苦，我可以感覺姊接的痛苦。姊接的日誌大量回目故鄉往事，我幾乎可以看見，她已經等在家門口。

我以大伯公之名回覆姊接的病：

姊接，我感覺到妳的病。我感覺到妳對溝通不良產生的焦慮與不安，無話可說無言以對。妳的心中也有座大內，但妳的大內更封閉、更孤絕，且荒草蔓生恍如家鄉的亂葬崗。那裡沒有人在說話，人們生活大概只剩下肢體語言與臉部表情，就像我們重逢的神祕空間，有花樣百出的表情符號，和猥褻歪斜的動畫。姊接，有條隱形的河流在我們之間，也在家鄉外面。我揣想那是曾文溪，曾文溪水繞在大內鄉的邊境，乍似護城河，我卻以爲那是深不可測的深溝。

姊接，對妳而言，鄭楊枝、楊陳懷珠、楊永德之輩，甚至整張訃聞上不及備載的人名都抄一遍，對妳而言，是不是只像一種符號？這張家族血系大網就算搬上了網路世界來到妳的神祕空間，這些曾經與妳一同列位某張訃聞上的妳兄我弟妳姊我妹，現在又生疏地跟網路上哪組ＩＤ哪個暱稱哪個鄉民有什麼差異？我們，會不會也只是妳的網友罷了？

楊永德

許許多多的數字，不差這一組 092089498。

我點進第三篇，標題〈死〉：

〈死〉

他走了。他的信徒們跪在公祭會場外好幾百人，說他是活佛來轉世、說他的任務已經完成要返去仙界。我只是掉淚，覺得擁擠。他的母親說栽培他出國念博士說她心肝就袂碎去。

我到便利商店找 open 將，伸出右手食指碰觸，沒有人回答。

網誌是在這三天陸續發表的，走火入魔的時間已經結束了，我似乎可以明白姊接的所有想法，遂以曾祖母的名字淡淡留言。

姊接，我們無處可去，我們只好回家，大內，那裡總是安全。

楊陳女

巨大的深夜，我彷彿一步走過好幾千年，瞑，哪會這呢長？

五點，我下線。同個時間大內一姊推門進來飆人：「已經五點，我攏睏醒，你擱還沒睏！你也是玩電腦玩到走火入魔啦！」沉睡的鄉下開始傳來溫柔的雞鳴，多麼美麗的清晨時光，我聽見大內一姊中氣十足的喝斥聲。大內一姊拿著扶椅走往上了霧氣的院埕，像走進仙界，到達大廳。我跟著她的腳步走進大廳：「今天有人要回來了。」大內一姊說：「這樣喔。」我們三合院無人造訪已久，誰要來？大內一姊是聽懂了？我說：「天若光就會回來了，到時候我們再去接她。」大內一姊說：「好啊。晚上我們就來去臺南市吃飯。」我們的對話似乎省略了篇幅巨大的實情，且故意忽略心中忐忑的思緒。我感覺時間正在倒退卻又在向前，我時而面向大廳，時而背對著三合院。我像看見大內一姊騎著野狼125三貼，我們姊弟且經過兩旁皆是柳丁森林的小路，聆聽前座大內一姊隨風而來的歌聲，那首〈暝哪會這呢長〉，悠長哀怨的曲調，總讓我們以為車到了盡頭，暝會過，而天就會亮。

我就在大廳的太師椅睡了起來。像睡在列祖列宗的身旁，便也有死一次的感覺。我彷彿夢到大廳停放過的具具棺木，沉穩靜定的姿態，竟讓我感到心安，而睡得更好了。在夢中，我隱約聽見大內一姊對著列祖列宗說的話：「楊家祖先，今仔日阮孫女就要回來了，希望眾公媽保佑，保佑她一切攏好。還有，我這個男孫大學剛畢業，再不久就要當兵了，他從小就沒什麼朋友，在家很厚話，在外面像啞巴。我跟他阿姊就是他唯一的依靠，他身體真虛，不知道做兵去會不會受得了？我實在足煩惱喔……」

日頭好，日頭刺醒大廳刺醒我，我微微張眼看見大內一姊正在擰抹布，擦拭她的發財車，如此安靜的庄頭，日上八點，尚無一點聲音。忽然……

霍！霍！霍！霍！霍！霍！

霍！霍！霍！霍！霍！霍！

霍！霍！霍！霍！霍！霍！

大廳紅閣桌上，無名方形物體發出綠色冷光傳來聲音，傳到三合院來，霍霍霍霍，撞擊左右護龍的牆壁，分貝加大。大伯公出殯後，我們就再也沒聽過如此高亢的聲音。半睡半醒的我嚇了好一大跳，對門外大喊：「阿嬤！妳的手機啦！妳的周杰倫在叫了啦！」不遠處大內一姊一拐一拐地來，我故意不接起。我們的三合院忽然霍霍霍霍了起來，像是丹田有力且臉色紅潤的老人在練功，霍霍霍霍。大內一姊拿過手機：「霍霍霍霍，好啦！好啦！不通擱霍啦！我剛剛拜拜完，就把周杰倫忘在紅閣桌上啦，老人記憶差啦。是誰打電話啦？」

「hello，this is 楊蔡屎。」

我在旁噗哧地笑，激動得全身在顫抖。三合院內，我們的大內。大內一姊多麼氣派地說著電話。她一手拄著扶椅，一手握著電話，像聊八卦般地說著，不時還夾帶幾句成語，感覺很以當國文老師的孫女為榮。大內一姊言談的側臉宛如大內鄉朝天宮內那尊媽祖婆，讓我深信她會永遠康健。

現在，我們祖孫三人正坐在發財車上。緊緊依攏相偎，把全世界擋在車窗外。

現在，我們正準備，離開大內。

大內無高手，惟一姊，惟阿嬤。

三合院靈光乍現

——古厝埕斗的同框敘事

最先拆除的是我們的三合院，接著才是媽祖的廟身，次序考量不知從何而來，我想是有看過時辰的。工程停動一段時間，我念教會學校高一，大約二〇〇二、〇三年，古厝與廟身完全拆除，記得住家附近時常走有砂石車輛，清理之後讓出一大片黃土地。這就是媽祖廟二點零的建物地基。

我們世居的百年古厝如今正是媽祖廟的大殿，我們的三合院後來成了媽祖地。我們曾經住在媽祖隔壁。

很確定自己寫過關於古厝拆除的文章，且就刊載在高一學生週記，週記叫做《黎明心橋》。奇怪每本從頭到尾翻過一遍還是沒有發現，我卻清楚知道文章情緒是充滿焦慮。似乎十二月的某個冬日晚間，放學校車停在上下車的媽祖廟站，一身疲㨾走在山村路邊返家路線，是我無意撞見了白日動工完畢、眼前已是這邊一堆、那邊一堆的三合院。我們當然明白拆除本是遲早事情，入夜進門還是壓抑不了心中震撼，不停且持續想要找人開展對話。

祖母提到早上先是進行一場祭祀，三合院老一輩，該到的都到了，經過了焚香祝禱與稟報諸神，燒完金紙過後，似乎驚動現場生靈，無端從廳堂、從護龍，陸續蛇出好多無聊的。所謂看得見與看不見的都懂得該走了。

我們的三合院如同臺灣縣市各地聚落可見的三合院，類似的格局，不易清楚知道它最初什麼時間打下根柢，如何形成眼前可見的樣廓，但是得以確定：它們都是不停擴建、增生，甚至修復的。三合院故事於我也就永遠都是充滿動態，如同我對文學看法亦靜亦動，總在不斷重構、改寫與定義。

想像一早拆除的古厝埕斗，當天現場又是哪些親屬到了呢？祖母描述右護龍二伯公二姆婆，左護龍八叔公八嬸婆，邊間的婆祖一家，加上最外圍輩分低的我們一家，浩浩蕩蕩也是頗有規模。這座他們年輕時期住過的舊式宅院，歷經了多少次的地震風災，無數子孫在此出生、離世、婚嫁。眼前厝身的伸手顯然已經承載過重的敘事，讓人一時難以簡單講清也無法講清，或許適合選個時機逃逸，像是白河地震那晚集體奪門而跑，但是又不能離得太遠。

我手邊關於三合院的地政資料，最早一筆得以溯至二十年代，記載文字顯示它是臺南州曾文郡大內庄大內九百九十九番地；我聽說曾祖父在此出世，而他生於十九世紀末年的日治早期，古厝的年紀為此還要再往前推。我抵達媽祖廟則是二十世紀最後十年了，換言之古厝身世至少超過百年是毫無疑問。

記得廳堂邊角後來設有國民政府時期的門牌號碼，清楚告知此地座標乃是臺南縣大內鄉大內村一百零四號。我們一群解嚴前後出生的孩子常常抬頭對著這組數字深鎖眉頭。

祖母是在民國六十五年，帶著父親等人陸續遷至後來的新屋，三合院也在那時成為我們口中的舊厝，舊厝還會有人寄來郵件嗎？印象中是有一張自來水單，當日我們剛好在埕斗嬉鬧，意外闖入的綠衣郵差表情同樣困惑，聰明的孩子倒是立刻察覺：所以這裡是有水龍頭的。

我也記得廟地拓建那段時日，恰好祖母怕熱難以入睡，趴在二樓後院陽臺吹涼，我常放下廣播節目與地理自修，前來與她東南西北聊天，我跟阿嬤阿公真的很有話講，面對無邊無際黑麻麻三合院，我們的想像也是無邊無際。

實則古厝空間充滿各種活用可能，這是一個適合練習講故事與聽故事的好地方，理想的故事會找到理想的文字，說者聽者在其中取捨、狂想與捏拿，說與聽合而為一，我會繼續摸索、慢慢建立、朝向一些關於文體或者什麼的作品。

〈古厝埕斗的同框敘事〉雖然名為同框，萬項世事合而為一，於我卻是不斷溢出，實虛並進的連綴創作。《福地福人居》、《三合院靈光乍現》兩書篇目的大小子題，彼此彷佛牽著愛的小手，各自美麗，各自招呼，卻又共構出了更多燒的電的，燒怕電的故事。

我也想起不少夜晚恰好碰上廟方開壇，大隊人馬子夜從廟埕出發，跟隨法師與輦轎來到廟後的聚落，也就是眼前這片三合院。我們祖孫身處二樓，根據鑼鼓聲響，判斷執事隊伍現在走到哪個方向，猜測放大版的媽祖廟未來將要蓋到什麼地方。大家都知媽祖婆是出來踩廟地，當時祖母在想些什麼呢？二十歲嫁至這座三合院成了楊家媳婦，她是不是也有一點感到可惜。

地表的煙花

農曆八月十六的前一日，我們固定晚餐時間結束，一群古厝親屬堂兄弟姊妹，摸黑來到三合院施放下午採買的煙火。說是摸黑並不精準，我們確實沒有攜帶手電筒——因為閉著眼睛憑著本能，也會走回通往古厝的路。我們只是應景地以仙女棒當火燭，一路放出光芒，彼此牽引，前後看顧。我的仙女棒比較大支也比較昂貴，一組一百元，別人手上都是幼秀的細支，一組二十五。主要是大支的拿在手上特別能夠刷到存在感，常常其他仙女棒各自慧花，剩下我的還在發光。還要燒多久啊？大家探頭過來，照出每張彈嫩天真顏孔。我怎麼會知道呢，看下去吧！

選擇古厝空間放炮，主要隱密不致射中路人，我怕煙火就怕它會攻擊路人，最怕其一叫做沖天炮，大哥習慣綁在竹竿，高高舉起對著媽祖宮廟方向發射；最怕其二叫做水鴛鴦，名字很美但是容易受傷；最怕其三叫做蝴蝶炮，簡直我的天敵，引燃之後失去控制在三合院上天下地，瘋衝狂撞，不知這位蝴蝶是在忙些什麼，最後飆向天際莫名墜落哪戶民家。我總覺得蝴蝶炮是有長眼的，它的外型確實也有目珠，且我深深懷疑它一定會向我衝來，常常閃到邊間只差沒有打開廂房躲起來。

十五夜的溪邊山村盡是煙火聲響，過節氣氛非常濃厚，加上到處浮漂烤肉炭香，人會不自覺開心起來。那時人口外移並不嚴重，小學招生還能過去，年長人口尚多，興南客運日日總從內山聚落，載一批批民眾來到村路看診。十五夜也是團圓夜，我們最常吃的是火鍋，小一那年印象很深，因著住隔壁在國小製作營養午餐的阿婆跑來探聽祖母在忙什麼，她說簡單吃就好，結果辦出一桌大菜。最常弄的還是夯罵，有次叔叔主揪，攏帶我們一票姪孫來到古厝夜烤，烤完一盤就端回家孝敬祖母伯公，並且口頭邀約他們一起來玩。不知為何他們紛紛搖頭喊不要。我們當晚也罕見打開屬於伯公家的右護龍，點亮唯一一盞日光燈。光線相當刺眼，引來各種蟲虫繞飛。我們的三合院是有電的。

十五夜的煙花開在曾文溪邊山區聚落，學校其實才是真正戰場，我一定是不敢去的；河堤亦是最佳施放區域，且放的是巨無霸的大炮，弄得好像廟會。我們在三合院擁有自己的小天地，而我除了負責看顧煙火，固定手拿一支粗大的仙女棒當照明，就是玩玩火樹銀花，不然蹲在地上玩蛇炮，看它如同排便不停增長，沒頭沒尾沒有細節，好像增長就是它的重點。如同十五夜的故事都是眼花撩亂、斷斷續續。十六日才有我的觀點。

某年農曆八月十六日恰好碰到假日，我們白天集合三合院，聽從大哥指示，帶開各自沿著院落小徑撿拾昨夜的煙花，地表到處都是墜落的沖天炮支、毀壞的蝴蝶炮身、燃燒殆盡的仙女枯根，等待蒐集完畢，最後集中放回古厝埕斗。不知為何我們興起這個怪怪的念頭，所謂餘燼、餘興，大概就是這個意思。

眼前的煙花昨夜又是從哪施放的呢？我們彷彿接寫故事的國校孩童，不捨得歡樂太快消散，想把時間按刻按分按秒地緊緊握著。沒想到我們撿拾煙花的無心舉動，最後意外博得盛大的美名——住三合院外邊的一位美女教師，認定我們是自動自發在收拾垃圾，我們吐吐舌頭全沒否認，隔天她還到校稟報主任，因此通通獲得三張榮譽小卡。

阿花懷胎記

有孕在身的母狗選擇來到古厝待產，最早一隻，挑中廳堂左側，這間毀損比較嚴重，窗與門洞口大開，因而毛孩有路出入，我們發現祂時早已生下三隻黃黑白不同色系的毛寶貝，祂是廟邊麵攤養的母狗，黑的。我們本來擔心母狗捍衛小孩變得兇悍，幾次探視靠近，給祂吃食，讓祂明白我們是齊心為了讓祂擁有飽足奶水，最後終於取得了信任，算是合力養大了這三隻毛小孩。

第二隻來到古厝待產的是阿花，阿花是自己來偎，以後乾脆留在騎樓養下來，有時我們喊祂楊阿花。阿花生產那日不知去哪咬了礦泉水大紙箱，挑在三合院右護龍銜接正身轉角的梁柱暗處，漏夜生下六隻康健的寶貝。也許因著初次餵養經驗，我們懂得細心看顧。阿花先天骨架細小，發育不良模樣，幾乎每個鐘點都去探視，有時碰到阿花正在餵奶，模樣相當虛弱；偶爾遇上阿花外出，我們就把食物留在原地，同時通知祖母等長輩。阿花的產事自然是我們三合院的大事。

記憶中阿花來古厝生產至少兩次，印象模糊主要因為每梯毛孩色澤大同小異，命名都很雷同，讓人想起早年每戶人家都生好幾個：曾祖母就生十個，養活三個；姆婆生七個，生超過十個大有人在。真是不可思議的時代。阿花產下的掌心大毛小孩，致使本無動靜的古厝埕斗一時生機旺盛，好像在辦什麼喜事。我們常常笑鬧藉著毛孩膚色，集體猜測父親可能會是附近哪隻公狗，一整天泡在古厝摸狗根本不想回家。

印象模糊也包括毛小孩後來或者各自送人，或者夭折無法長大，最後沒有一隻留在阿花身邊。其中一次生產我們跟得很勤，幾乎一路從掌心大看到能跑跳。不少人一聽聞古厝生了一窩，便傳來想要認養的意願。我們紛紛豎起神經，很怕私心最愛的會被挑走。記得其中一隻被母親公司同事領養，還大隊人馬騎單車前去探望，像是擔心沒被善待，畢竟算是原生家庭。

也曾一個下午，我在古厝發現兩隻死掉的毛孩，當時體型已經變大，死因不明，大概營養不良，祂們一隻趴在柴堆附近，動也不動，白色的；另外一隻，全身打直臥倒草叢，棕色的。三合院很快恢復往日平靜。我不知那也是阿花最後一次生產，捕捉流浪動物的卡車同時密集出現鄉村道路，抓得很勤。聽說阿花是在一次我們全去念書時候被撈上去的，祖母描述那臺車上哀號不斷，關了好幾十隻，時間大概一九九九，此前老狗黃仔已經病倒，老狗黑仔溺斃水池，阿花的被離開同時預告古厝敘事即將轉入全新篇幅，因為隨後要走的是曾祖母、然後三合院就要拆了。

我的手邊有張阿花產後照片，當年特地裝底片為祂拍下，祂的神情和善，我們都說阿花初次當媽，且是父不詳的單親媽；還有一張是我們堂兄弟姊妹在古厝埕斗蹲成隊形，穿著大內國小運動服飾，照片洗出之後發現全都沒看鏡頭，反而對著畫面前方呆笑，後來仔細一看，才知是拍到不小心亂入的阿花尾巴，一坨失焦的灰白色系，失焦並非相機不好晃到，而是楊阿花正用力搖尾。祂逢人就是用力搖尾，而誰能清楚捕捉搖尾的瞬間呢。

地動第一排

一直地震，一直、一直地震。臺灣文學作品的地震書寫，數量驚人且龐雜。這些書寫帶出一頁島嶼的災難史，於我而言更是心靈的重建史。自從歷經一六年小年夜冬震，後來任何風吹草動都讓我神經發麻。那晚父親感知地震，隨即彎身對著地表發出咔咔聲響，像在安撫情緒躁動的地牛。這個特殊儀式，聽說他是從祖母身上學來的。

我們的古厝歷經數次震災，一路從日治時期挺到二十一世紀，九二一它完好無傷，稍有災情的是白河大地震。祖母形容那晚天搖地動，所有孩子先被她趕出戶外，未料一座橫倒衣櫃硬生擋住穿門，外面的世界到處驚聲尖叫，祖母不知向誰求救，成為第一時間沒有逃出古厝的人。

是夜三合院眾親屬以白蓮霧樹下當成臨時疏散空間，或坐或躺或睡，襁褓中的孩童痲痲哭號。這裡一戶那裡一家，靜定地在餘震中等待天放光亮。祖母後來是經由某位叔公幫搬衣櫥，趕緊奔赴白蓮霧樹，三名子女瞪大眼睛等在柴堆，年輕的祖母剛剛喪偶，小孩緊緊靠在身邊。

天亮才知昨夜壓死不少鄉民，遺體全都暫時擱在路邊。以前嬸婆常說，我們現在居住的樓厝對角，白河地震壓死一對姊妹；菜場附近也有不少屋舍倒塌，白天大家收拾災情，這邊敲打那邊修護，古厝為此補得更加牢固。

我們古厝除了建物自身，向前延伸一邊先是祖母的雞寮瓜棚，公共的柴堆，接著是一棵白蓮霧樹，另一邊則是停靠多臺牛車，各家養護的牛隻在此歇息，也就是停車格的意思。兩邊為此簇擁而出一條得以走向古厝的大路，大路盡處就是我們的廳堂。

我們古厝一有外人出入，很快會被發現，只是空間本身並不封閉，到處出口，地動來時容易逃命，古厝四通八達，得以接去許多所在。我們以前去媽祖廟都是抄古厝的捷徑，媽祖進香引來的外地香客，也會閃到我們古厝隨地小解，噴得厝身都是潑墨山水畫作，這是另外一則故事了。

果袋小劇場

我從小喜歡做家事，除了樓厝自身的灑掃之外，戶外的家事諸如清理垃圾、收拾衣物我也樂在其中。家事項目太雜，其中曝曬果袋又算是比較搞剛的。

每年果子產季結束，有些果袋看來不壞，仍可重複使用，只是皺了一點，我們常在騎樓手工進行一個攤平的動作。完成之後，按疊逐件綑緊，好大一包搬到古厝埕斗接受陽光曝曬。有時埕斗碰到嬸婆也在曝曬，我們習慣就用竹竿當成區隔。果袋回收依照時間先是酪梨與愛文，其後才是文旦與白柚。記得曾經為了防止水果被偷，異想天開想在果袋做個記號：一次用噴漆挑了個阿拉伯數字；也有一次乾脆寫楊，然村莊到處姓楊太容易搞混。最後為了到底設計什麼當成正宗標誌，上下動員傷透了腦筋，最後乾脆保持原狀，素素淨淨的。

我們來到戶埕向日頭借光，動作都是彎著身，在劇場一般的埕斗細心鋪上一張一張果袋，有時土豆、藥草等需要保持乾燥的好物，也來湊個熱鬧，曝曬面積因此更大更廣。然埕斗是以果袋最為常見，整個戶埕皆是練習排列組合超大平臺，我們喜歡排得齊整大方，感覺像玩撲克牌釣魚遊戲。因為果袋這個那個一個模樣。

也常事先動員集合田裡撿拾地上落果，同時查驗果袋是否堪用，經常落果淘汰，果袋倒是留了下來。結果纍纍的時節，到處都是白色果袋，袋中躲著一顆顆文旦白柚，酪梨也常使用白的顏色，生得密密麻麻，遠看如同一座幽靈果園。我喜歡的果袋是茶褐色，送人水果很愛連著果袋，尤能體現很慢的精神，看起來也較有臨場感。

我們在埕斗顧果袋，半個小時就來翻翻看看，透起南風果袋形成漫天狂飛畫面，如果現場搬來一臺大型風扇將果袋吹得更高，便會變成綜藝節目彷彿新臺幣在飛，於是這邊抓一把那邊抓一把。

果袋材質得以寫字，這是從小我就知道的事。不少果袋臨時拿來速記行情與斤重，也看過當來當作零錢袋，方便賣家找錢。我幻想每個果袋得以抄錄一些什麼，當成某種許諾與祝福，然後穿在等待發育的幼果身上，像是一種成年儀式。它們未來逐漸變大變圓，紙上文字就會同時撐大撐圓。有些文字隨著結果，讓人清楚閱讀；有些文字因著果實孬生，什麼都沒發生；有些文字歷經摘採、回收與日曬，變得滾燙或者無法辨識。這些文字就與愛文酪梨文旦白柚一起變形，文字與果實互助共生，然而什麼又是屬於酪梨白柚的文字呢？你與我最後讀到吃到的又是什麼。

或者果袋也可拿來放一本好書，袋中殘留的果香與新書的紙香混成一塊，感官為此無限放大，文學原來還有很多作法。大概我會放下一本空白筆記，拿去演講現場交換禮物，我要交換的不只是等待讀者謄寫的故事，還有關於果袋一路上樹下樹的身世。單位就以顆算計，一顆又一顆的故事。

抒情清果機

清果機、選果機、洗果機……為了查明這座形狀特殊的機器本名叫做什麼，我問遍了親戚鄰里，加上外型又難比擬，最後得出了以上的答案，而以上的答案皆是對的。

這座機器分成兩段，一段拿來清洗水果的設備，浴缸一般地布滿刷洗的鬃毛，電源啟動，待命的水果立刻進行全身spa，畫面看起來很療癒；一段則是流動式軌道，安裝一個又一個圓柱體的滾筒，目的要將大小不一的果物進行初步篩選，滾筒上頭布滿圓形鏤空的窟窿，最早掉入窟窿的自然就是最小顆的。印象中至少四個滾筒四道閘口，最後一道閘口數量最低，來到這裡的都是特大號的柳丁，拿去拜拜看來很有派頭。記得閘口還有小門，我們最常幫忙進行拉開小門的動作，得以目睹柳丁洩到裝箱臺仔的瞬間，這時彷彿柳丁都在招手歡呼，華特迪士尼動畫都這樣演。

清果工程有了機器，當然更需空間，我們首選古厝埕斗，鋪上一張藍白帆布當底，怕風吹兩邊壓上竹竿，眼前盡是經過篩選淘洗、各自帶開的柳丁小組，它們依著身形整隊，埕斗一時像是入市前的集合場，接下來就要交貨或者裝箱去批發菜市了。

我們常常整個下午都在協助清洗柳丁，這也是此生見過最有趣的農用機。二爺和貝公都曾自購一座，不少農家會來商借。貝公那臺一直擱在護龍走道，古厝拆除之後無處擺放，遺棄路邊街角，時常會有貓群當成床榻睡臥。貝公怕壞且將它用帆布包得密不通風，每次經過大家都說不知還能不能用。主要是我們的柳丁園隨著河床徵收走入歷史，沒有機會派上用場，也不懂當賣家二手出清。貝公過世，機器持續擱在原地，十多年了現在還在那裡。

印象最深一次，我們正在埕斗打球，貝公開著噗噗載著滿車柳丁，黑仔黃仔前後照應，姆婆也在車上；我們從小懂得看人臉色，立刻就把空間讓了出來，這時才知後續是要清洗柳丁。

於是紛紛放下手套球棒，攏靠機器附近，探頭探腦看著莊稼人大貝公如何操作現代機器，接著有人幫忙抬柳丁，有人幫忙鋪帆布，兩隻瘋狗趴在柳丁山丘玩到翻肚，讓人看得覺得羨慕。

雖是機械篩選，有人又去重複檢查，希望確保不要落差太大，閒置在旁的人拿起手上的棒球，混在柳丁汁中送上輸送軌道，請問柳丁大還是棒球大呢？這時有人在旁當起辯士，實況轉播這顆棒球亂入的洗選過程。我們的棒球洗得真正乾淨，接著它會落在哪個窟窿呢？我們繼續看下去。

米國的紅瓦

後來我們發現最好藏身之處就是爬上屋頂，紅瓦上的貓步男孩，襯著山色天色，正在屋脊走臺步。我們好怕這時叔公嬸婆突然出現，貓步男孩卻又樂得不停分享紅瓦上的好視野，他說廟頂邊溝也卡了很多顆球呢，還有不知哪年從天而降的沖天炮頭。

我從來沒有也不敢上去，不久前我們因踩破屋瓦導致屋內漏水，大家雖然矢口否認，最常古厝出沒的自然嫌疑最大，早就被點名作記號了。古厝因與廟宇共構，我們也很好奇廟頂的景觀，貓步男孩身手矯健，意圖跳到廟身，我們連忙揮手要他下來，不要玩那麼大。

實則平日我們古厝玩伴，除了一票堂兄弟姊妹，更早一點還有附近學生，他們都與大哥相熟，玩彈珠與練接球的好弟兄，黑乾瘦的貓步男孩是其中之一，興趣與關懷跟我大不相同，交集的部分，就是我們都熱衷玩覓相找。覓相找就是捉迷藏，念成臺語有時變成米國吹，貓步男孩說躲到美國讓你找的意思。

藏躲的遊戲我們多少都有經過，我最常窩的是神明正廳，不知為何有座神主牌遲遲沒人請走，我躲進廳堂只是為了那座神主牌，一人靜靜處在先祖魂魄環繞的所在，我的內心也不感到害怕。

古厝可以躲的地方其實早就翻過一遍，甚至連貝公的清果機都被拆開，整個人睡在塑膠鬃毛之中，聽說癢到不行。最後乾脆躲到厝頂，才知道我們並不習慣抬頭探看。記得有次我已被逮，現場等著隊友陸續現身，我都看到貓步男孩屋脊前後漫步，鬬主還是沒有發現他。另有一次，同樣躲到厝頂，祖母熊熊現身，我們全部嚇傻。完全露出的貓步男孩無處可躲，鬬主這才抬頭終於看見了他。

這時故事來了一個反高潮，祖母說，唉呦，你順便厝頂那些有的沒的撿一撿。米國吹的遊戲於是中場暫停，我們回到戶埕撿拾從天而降的各種垃圾：鋁箔包、保麗龍、煙火的剩餘、風化的棒球，以及乾癟變形的海灘球。一眼我就認出它來。這是某年去秋茂園買的。

我們化身戶埕清潔大隊，某種意思也是一種使用者付費，我們付的是勞力，祖母且說爬下來要小心，大家跟著緊張起來；這時祖母又瞥見正在攀長的瓜藤，剛好一粒體格肥美的菜瓜就橫生屋脊，貓步男孩為此奉命順路摘了一條菜瓜，從上海拋下來，我們紛紛向前湧去接瓜，好像在看電視《百戰百勝》。

貓步男孩氣定神閒，這回倒是成了英雄，又說厝頂還有一顆，我們站在下面，因著視覺死角，根本沒有見到。貓步男且用手比出菜瓜長寬。祖母應說很大粒了嗎？大粒就挽下來，拿回去送你阿嬤。

走錯棚先生

正廳是本壘，貝公家是一壘，正廳對面是二壘，八叔公家就是三壘了，古厝埕斗畢竟不大，內野就是外野，兩側護龍自然就是看臺區。記得我們的高飛球常常越過護龍，到處找球又成了比打球更好玩的事。

我們會在這裡舉行各種賽事，大家都是中職球迷，各有擁護隊伍，喜歡拿日曆紙畫海報，貼在古厝紅磚牆上。我喜歡的隊伍是味全，味全的五個圓圈很難畫得齊整，喜歡統一畫個勾勾，弧度卻又難以掌握。我們露天張貼彷彿展覽，埕斗儼然像個藝文空間。

其實從小家中熱愛運動，又特愛看中職，週末現場直播的賽事客廳都會擠滿鄰人親戚，總是為了全壘打或者三振出局大聲歡呼，還自備加油棒。記得二樓藏有很多《兄弟》雜誌，叔叔下班則從永康帶回當天的《民生報》，它們的體育版娛樂版很精采。有次帶回一系列棒球書，其中一本叫做《職棒年鑑一九九三》，詳列每場賽事的攻守陣容，讓我愛不釋手，這算是文學啟蒙讀本之一。一九九三是職棒四年，我看這書是在一九九五，剛滿七歲，升上小一。當時我也擁有一個私人手套，外觀紅色內裡藍色，造型卡通但很耐用，是父親在東帝士百貨一樓廣場替我買的。

九三年也是我們在三合院玩得最瘋的一年，彼時村子打球風氣很盛，出入我們古厝的人群更形複雜，主要是來練習接傳球，後來他們也會自己來，引起祖母與嬸婆的擔顧。我才警覺雖是露天空間，畢竟還是私人的。

一次假日，我們早上來到古厝，一個陌生男子站在埕斗，拿著我們扔在地上的塑膠球棒東西比畫，本來貼在厝身的手繪海報，更是早已被撕得一塌糊塗，領頭的大哥前去抗議，主要先前已有多次遭到破壞的紀錄。然大哥講不到幾句話，立時被這名十七八歲的陌生男子回嗆滿口髒字，我們到底招誰惹誰啊？他且拿起塑膠球棒狠狠K了大哥一下，我們手足在旁全體看到驚呆，最後還將球棒拋上厝頂。大概我是不好對付的弟弟，但凡家人遭到攻擊鐵定火力全開，正當男子準備抄捷徑往媽祖廟方向前去，我唯一可做的就是發出警告，然後死命記住他的五官，立刻回家通知二爺，留下其他弟妹等在原地安慰哭泣的大哥。

之後一段時間，我們罕少前來古厝，住家附近斜角那時開了一間泡沫紅茶店，知情都知內部是電動玩具間，出入人群又更複雜，我們根本不敢靠近。某日我在騎樓不巧認出那名男子走了進去，轉頭通報正在客廳的二爺、父親、叔叔，同時放出消息給嬸婆隊伍。我們兄弟目送他們魚貫走入泡沫紅茶店，大哥怪說要是把他惹毛，以後在外被他圍堵怎麼辦呢。

為此之後又是更長一段時間，因為擔心古厝無人，男子若是真正烙來兄弟，四下無人實在太過危險，曾經笑鬧的埕斗竟然成為我們的一級禁區。然而我常想起男子一人在埕斗揮著球棒的模樣，姿勢準確，他是不是很想加入我們啊？那日被扔到厝頂的球棒，最後則是我們拿著竹竿踩在高椅，小心謹慎就怕傷了瓦片地將它嚕了下來。嚕了下來才發現已經龜裂嚴重，我們乾脆擱在原地，球棒是紅色的，像是一記紅色的驚嘆號，留在空空蕩蕩的古厝埕上。

祖先的臨停

若說二十一世紀的第一件大事乃是人瑞曾祖母的仙逝，那麼第二件大事則是伯公、姆婆、姑婆相繼離世，就在短短幾年之間。任何人無法自外於此，而我卻正在準備離開大內，告別生我養我的曾文溪大家族。

曾祖母過世而三合院拆除之間，還有一件小事，從中接駁了故事情節，於是我們不妨將目光移轉到了古厝埕斗的兩張木床。

一九九九年十二月二十二日早上七點曾祖母斷氣，因為淨空客廳，原本起居床榻無處可擺，最後經由孫輩父親與叔叔之手合力扛到古厝閒置，此一舉動立刻驚動鄰里旁人，曾祖母歸仙消息從此東南西北傳開。

兩塊木板拼湊而成的臥床，當年出資的是伯公祖母，曾祖母這點錢都不願他人花，最後謊稱說只要五百塊，她才勉強接受。當時她已無法爬上二樓，必須在客廳搭設簡易臥房，我們齊手布置了她的房，母親還設計拉式門簾，保護人瑞隱私不輕易見到光。

兩張木床任它日曬雨淋，直至古厝拆除根本沒有處理，好像它就應該放在那裡，如同剛剛落擴的超大棺木一般，看人啊床啊棺啊是如何爛光，以此想像身首腐爛的進度。

據說早年曾祖父母是睡在廳堂右側，輩分較低一點。我曾到過這間暗房，基本上它就是荒廢狀態，堆滿歷史至少超過三十年的雜物，部分骨董家具罩在灰塵之中，我們踏入都是摀住鼻子，隱約聞到一點農藥味道，農具堆放的緣故。倒是瓦片相當牢固，沒有漏水狀態，進來純粹撿球，不會停留超過五秒。

有段歷史最近被我挖了出來，不知道算不算黑歷史，曾祖父母並不常住古厝，他們甚至自行搬到古厝外圍的鐵皮矮屋，兩老自己過起簡單生活，放手大宅院給長子伯公運用；也曾暫時住到五分鐘腳程的別戶宅院，自己有屋不住卻越住越遠，大家百思不解；民國六十幾年的新房蓋好之後，他們夫妻也是最早一批搬遷移入。可以想像曾祖母三十歲之後的人生，就是不停落腳在三合院的周圍，始終與人保持一定距離，直系血親同樣疏離。她是不是少女時期就在準備走開，卻又意外活了一個世紀。而她花去一個世紀練習離開，最後走得確實霸氣，風風光光。

曾祖母晚年時常回到古厝打雜、除草、撿拾果袋，自己找事做。可以說是三合院永遠的女主人，她眼中的古厝自然比我們看得更深邃更遼闊，我已不知那是第幾次元了。這裡曾是臺南州曾文郡大內庄大內九百九十九番地。這裡現址也是媽祖坐駕的廟地。我很榮幸能夠與她棲身同個時空，以此創作、共構更多古厝埕斗敘事。是關於同框、也是關於不同框的故事。

逆天的人

天公廟旁邊的小田地，應該可以叫做天公地吧。十五歲左右我才知曉祖先竟有一塊荒廢多年的廢耕田，面積不大且格局怪異，幾乎在我們兄弟出生之前就已拋荒，自身景觀早也與四周混成一片，出路走的是水路，其實就是一條排水溝。初來之際，我一眼看到田中的幾棵愛文荔枝，因為實在太過生疏，看著老樹我竟感到不好意思。

雖是家中務農的莊稼後代，我的田地經驗到底粗淺，夏季水果盛產，日常之中到處可見豐熟果實：酪梨、愛文、金煌、荔枝、龍眼、破布子……顆顆生得精采且像在對我說話，我因此感覺童年生活從不孤單，然而若要問我是哪一塊地的哪一棵樹曾經讓你印象深刻，深深植入你的內在世界，我卻語塞同樣感到羞赧，只剩不知所措。

應該還是有的，比如殘仔田路邊可見的龍眼樹，每次騎車經過總會自問自答今年有沒有結果；比如落單於河堤邊的老土檨，與它年代相近的樹欉都因河床修築堤防作古，它成了現場僅存的見證，它也有話要說吧。比如芭樂園裡頭獨一無二的紅心芭樂，因為發現母親竟可在複製貼上一般的芭樂園海，一眼認出紅芭樂，身在田中的我慚愧臉紅更勝它的果肉。

我知道自己正在經驗什麼叫做創作，什麼叫做想像，什麼叫做名狀不可名狀，實寫與虛寫，劃界與邊界……等等這些話題；而我更在意的是自己的故事如何在新媒體的世代找到它的新文體並從中形成新美學。

那個始終難以抵達的，那個可遇不可求的，那個雖不能至但心生想望的書寫宏願持續悶著燒著。我有大願望也有大書寫，一瞬間就要地火勾動天雷，還下太陽雨。我沒有遺忘自己還有許願的能力。許一個具體又切身的願望原來很難，但我會持續爬著敲著寫著。

一系列小面積大面積的地號書寫引領我走至荒郊野外，一邊索求於記憶，一邊親身的履踐，我仍在記憶與踐履之間不停歧出，而臺南的陽光依然盛大，水情並不穩定，烏雲持續身隨我的左右：在我眼前是新的故事疊合舊的故事，舊的故事又擴散至更舊的事。

今年初九拜天公，恰好人在臺南，或者是我刻意留了下來，心中有事想要對天講述。我所見識的家族祭祀，除了小叔結婚當年謝土謝神，最為搞剛、隆重的當屬每年過年拜天公了。子時啟動的祭拜活動，弄得鄰居集體熬夜晚睡，我家又是超大家族，開枝散葉卻也散居附近，全排騎樓的親戚帶開，固定都是子時開拜。祖母掌家的年代，我們拜天公還分頂桌與下桌，頂桌就是八仙桌，平常收藏我家古厝，一年只須登場一次；拜天公較之平日祭祀難度高出太多，於我們而言卻是處處驚喜。印象中當晚現場我們跟前跟後，雖說幫不上忙，心中卻是佩服能夠記住供品內容與擺設位置的婆媽輩們。鄰居嬸婆偶爾忘記牲禮怎麼擺放，跑過來瞄一下我們的擺法，小小作弊一下；或者突然發現少了哪項基本供品，這時趕緊相借助陣，老天爺全都看在眼裡。

拜天公也是我們祭祀活動，少數還須點上蠟燭，燭臺也就一年登場一次，上頭總會殘存著去年蠟油。其他諸如麵線不能太早下，茶葉泡久會走味，淨香爐不斷電地燒下去，等待頂桌下桌安頓完成，大概就是十一點整，這時家人陸續集合客廳，開始換上球鞋，因為拖鞋有失莊重，祖母為此穿了包頭小鞋，有次我穿的是涼鞋，大家還在研究這樣到底ＯＫ不ＯＫ。拜天公畢竟是嚴肅的，領走各自的香枝，二爺或者祖母率隊，集體面朝馬路跪在客廳，不知為何其實感到有點詼諧，或者嚴肅的詼諧，拿著香枝的我根本什麼都忘了念。第一落香結束，有時我會特地騎車像是巡守隊伍，看到這家也跪那家也跪，子時的故鄉到處都是檀香氣味，雖說深夜但是心情感到無比靜定，平常不敢貿然闖入的夜路都能一騎再騎。第一落香結束，我們也會陸續上樓睡覺，留下二爺與祖母繼續第二第三落香，大約要到凌晨兩點，此起彼落響起鞭炮，等於宣告慶生活動圓滿落幕，一切才算大功告成。由於開拜時間並不一致，山區溪邊鞭炮聲響斷斷續續，一路放到天色轉亮，也有人早上才開始拜的。有時睡得太熟沒有聽到鞭炮；有時我會特地下樓幫忙收拾，因為時間實在太晚，供品暫先擱在客廳，白天起床再做收拾。

祖母離世之後，一切祭祀從簡，拜天公從頂桌下桌濃縮成為一桌，也有不少家庭改成直接去臺南天壇祭祀，然而恭敬與虔誠的心情卻是沒有減色。今年晚上十點，我在騎樓忙進忙出，協助母親完成這年祭祀。從前拜天公全員到齊最多可以七人八人，今年只剩我們母子，但不妨

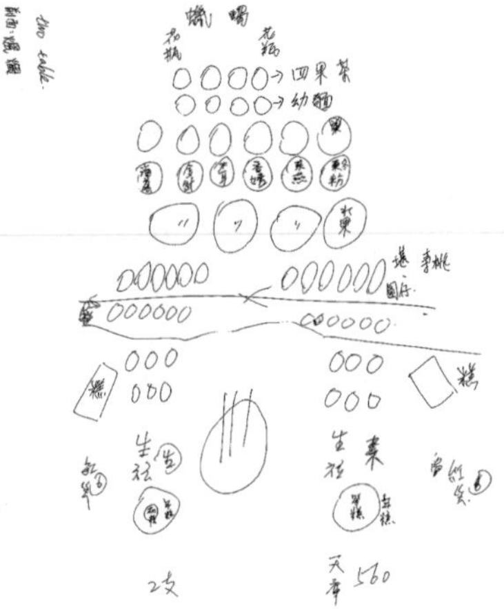

一九九九年拜天公的手抄筆記，媽媽的筆跡，一定要珍藏。

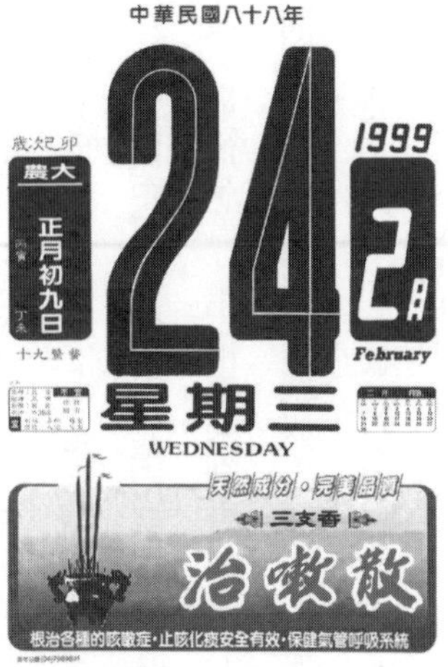

二十世紀最後一次拜天公，日曆紙的背面就是媽媽手繪的供品圖示。

礙我的興致。這時我才瞄到母親瞇眼手拿一張字紙，側身我看了過去，發現竟是一張供品擺設的手寫小抄，這張字紙我有印象呢。擱著手上正要端出的供品，坐在沙發細細研究起來。

這是一張日曆，時間清楚記載農曆正月初九，就是天公貝仔出生的大日，為什麼會留下這張紀錄？想來當時也是擔心未來不知如何擺設，母親趕緊筆記匆匆畫了下來。印象中本來是我要負責抄下的，而且我還故作聰明寫了一個單字叫做TWO TABLE，並且忘記加s，我想表達需要兩張桌子，但不知如何描述頂桌下桌的意思。母親臨時畫下供品擺放的簡易圖式，在我眼中怎麼看都不簡易，卻是一份極其貴重家族史料，抄寫的母親當時正在思考什麼呢？或者基於一個更大的掛記，日曆時間提醒我這也是一九九九年，喔，多麼關鍵的一年，原來這是二十世紀祭拜天公的最後一次。二爺那時剛剛離開我家，再過半年我就小學畢業，曾祖母也在一九九九年十二月謝世的。這張意外留下的日曆先是失去作為日曆的功能，上頭祭祀的方法如今也已不再適用，此刻流傳來到我的手上的一九九九年農曆正月初九，究竟還剩下些什麼呢。

這時母親備妥祭品，我們各自拿起香枝，本在睡覺的父親突然也下來了。我們維持舊習慣換上外出鞋，父親母親已經開始拜了起來，而我自動默默跪了下來。

我在祈求什麼呢？心中並不十分清楚。因為儀式簡化的緣故，本該進行至深夜凌晨的儀式，一個小時之後我們就完成了。主要是其中一位鄰居提早收工，大家紛紛跟進說唉呀好了可以燒金紙了。燒金紙是會傳染的，或者大家也想睡了。我也騎車到處觀望祭祀進度，發現許多人家停止祭祀，繞了一圈感覺氣氛淡薄稀微，心中感受同樣難以細說。

實則距離上次留在臺南拜天公許多年了，有時正值寒假，有時剛剛開學，這年全程參與的我，最後拿著一串鞭炮來到馬路上，有頭有尾，初次施放鞭炮的我，聲響炸得睡意完全消散，以前鞭炮都是二爺負責施放，母親怕炮但也摀耳放過幾次，而今我在轟炸之中祈願一家永遠健康。

那日之後，我便將日曆紙取走，小心翼翼放入封夾，至今安安靜靜躺在我的書桌。寫作者是個逆天的人嗎？我喜歡當年母親手寫的心意，像是一種日記，二十年前她已留下文章伏筆。

讓我的天公故事可以這樣開始，可以這樣結束。

我的書寫只會越來越風格化，自己的舞臺自己搭，自己的鞭炮自己放，而眼前條條大路通向自我，同時通向一個理想的所在，那會是天公地嗎？或是下洲尾、花窯頂。我仍然固執且願意不停覆述：這塊土地多麼讓人寶愛，過去三十年臺灣是個有進步的生命共同體。而所謂語言，以及語言的精準，已不單以文字自身作為衡量的試劑，於我來說更是聽的問題。你聽得夠不夠多呢？說故事其實與聽故事同等重要，而你如何根據有限字彙去描述無限世界，並在其中學會與文字符號安然共處，上下文的，感官式的，ＩＰ式的讀法。二十一世紀的當下此刻更加吸引著我。

那日，突發奇想，我就行車前往了天公地，知道近年田地免費租賃給鄰田，天公地的鄰地也是天公地吧。聽說種得有聲有色，田主固定每年夏秋送來他們收成的果實當成田租，今年是一箱自種的金煌與一箱私購的火龍果。騎到一半突然想起此去天公之地，如果遇到田主是否就太冒昧了呢，再說田主從沒看過我，我也不識得他，意外遭逢反倒像是我誤闖了人家。我是什麼資格說這地是我的。於是直直騎過天公地路段，往深邃內山平埔聚落去見。道路兩旁盡是網室木瓜，想起我在大內國小即已習得的詞彙：心地。天公若是也有心地之人，我相信祂一定是個心地善良的人。

曾文溪之戀

2020

在河床遇見盧克彰／林友新／楊德三

一個透南風的午後，我在辛亥隧道不遠處的大安分館，借到了臺灣已故作家盧克彰先生（1920－1976）的小說《曾文溪之戀》。

《曾文溪之戀》的故事並不複雜，配置人物以林友新、張薏美的青梅竹馬情，以及周紹琪、張明華的省內外婚姻，其中也涉及了族群融合、榮民退撫、國家建設、地方復興與農村書寫等議題。小說收尾於一座曾文水庫的完成，起源在一條長期乾涸的曾文溪、終年缺水的沿岸鄉鎮，場景是曾文溪上游、昔時的臺南縣楠西。那據說將因建設水庫發展起來的偏遠深山，這幾年人口數還在遞減，從小我常尾隨父親大清早爬梅嶺、路邊買特大號的在地楊桃，也懂得大啖梅子雞，《曾文溪之戀》再現的楠西與今日的楠西，似乎並無太大差別。

除了《曾文溪之戀》，記得我在「齊邦媛圖書室」還看過盧克彰的《墾拓散記》，那放逐東部山區茅舍生涯，令人想起臺灣時興的農閒運動，體驗自然山水、回鄉種菜種樹的小農生活，縱使《墾拓散記》歷史脈絡全然迥異於五十年後，可這些根植土地、飽富生命力的小品散文，今天讀來仍讓人激動不已。它領我遠離喧囂臺北都會，重回臺南山區，就像《曾文溪之戀》裡一心根留故鄉的林友新，排除眾議讀了農專，渴望留在楠西當少年神農，他懷著農村救星之抱負，想要造福鄉梓，他動不動跑到枯竭曾文溪邊看河床亂石，我也是；他思索家中三甲土地、不斷自我解釋不出家鄉的理由，他說「農業永遠都不會過去」、「田裡的工作很適合他，心安理得」——他年輕，我也是；他想為楠西，喔不，他想為曾文溪流域所有臺灣人做點什麼。是的，盧克彰筆下寫的是我不知道的事，一個被我率然忽略的臺灣書寫我讀晚了。

我閱讀《曾文溪之戀》同時也閱讀戰後臺灣地方建設史，溯溪而上一路遇見故鄉親朋：阿嬤少女年代是曾文溪捉蝦活手，可以說她是沿著曾文溪長大；小舅公最喜自大內二重溪緣溪走往玉井楠西與甲仙，複製當年西拉雅平埔族撤退路線，同行大概是一水鹿一山羌。十幾年前，我坐著腳踏車跟隨鄰居來到曾文溪邊摸蜆仔，其時小堂哥剛在安平秋茂園戲水溺斃，水深勿近，我只敢亭亭等在溪埔仔地，遂初次遇見野生龜族、陸蟹兵團向我橫橫走來；十幾年後我在曾文溪老文本中遇見老作家，盧克彰讓我長出另一隻眼睛，跟隨他的視線我重新注視起故鄉臺南。

實則曾文溪即有「青暝蛇」稱號，兩三百年來水患頻仍，曾文溪改道史即是農業縣臺南災難史。且讓我們跟隨林友新目光，這小說開頭是這樣的：

在颱風季節，每當山洪爆發的時候，曾文溪就變成了張牙舞爪的野獸，挾著勢若千軍萬馬的洪水，肆無忌憚地恣意撲噬著兩岸田地上的農作物、房舍、人畜……

我爺爺楊德三就是為曾文溪撲噬的人畜，曾文溪多年來於我直是個家族禁忌。作為政策書寫下的《曾文溪之戀》，故事中的水庫有不得不竣工之命運，為此小說化作官方註腳，結局必然提前完成，這是政策文學侷限，亦是鄉土文學囹圄。多年後，當我親炙曾文水庫，參加全國中學生環湖路跑，賽後同學以白色巨型興建紀念碑為背景留了影，碑文銘刻造建水庫種種艱難事蹟，此刻看來亦如《曾文溪之戀》文本之延續。十數年前開拔此地的榮民弟兄：從戰場到山地、從炸山到開路、從中橫到南橫，令人想起陳列的〈在山谷之中〉，以及李渝的〈踟躕之谷〉，臺灣多少重大政經建設爍著爍著退役軍人的身影，工程艱鉅之曾文水庫在盧克彰筆下則如此呈現：

一旦水庫完成，可以充分利用曾文溪的水資源，改善並擴充嘉南地區耕地灌溉……而且可以調解下流河道洪峰流量，沿岸土地被沖失和氾濫成災的憂慮沒有了，附帶還可改善公共衛生，發展觀光事業，供給工業用水及公共給水。

臺南多埤塘也多水庫，據說我家飲用的水來自南化水庫、烏山頭水庫牽連著嘉南大圳興建史，加上曾文水庫三庫並進灌溉嘉南平原，沒水不啻沒田。想了一上午，腦海始終搜尋不出旅遊曾文水庫的記憶，我家是固定週末都出遊，出遊是逃家之同義詞，國小我便與父母親玩遍南臺灣各大風景名勝：高雄寶來溫泉區、甲仙大橋芋頭冰、南化烏山獼猴爺爺、也有東山白河關子嶺，不到半夜不回家。或者從小我就活在曾文水庫陰影下，二爺爺口中再現的曾文水庫是、哪天爆炸了，我們家就不見了！我常被嚇得難眠徹夜，鎮日忖度水庫真有崩毀那天，我得趕緊拉著全家逃至頂樓違蓋的鴿籠，而一思及行動不變的阿嬤，大概她是劫數難逃了。我住進《曾文溪之戀》文本中過起老百姓生活，那在文本外的衛生、觀光與給水，不停向我暗示，水庫所在之處，處處都是風險。《曾文溪之戀》作為文宣品也許寫來保守，一座水庫完成到底賠掉多少性命，可是盧克彰有匆匆幾筆帶過之場景，這樣吸引了我：

曾文水庫完工後，海拔在二三二．五公尺以下之嘉義大埔鄉的水庫區域，將因水庫蓄水而淹沒。凡在這區域內的居民，都必須疏遷。

一座與世無爭的村莊，玩具模型般的沉在水底，靜止在水庫深處的一九七三年，那容貌完整的屋舍、春聯、時鐘，窗櫺間有魚群游動，我是不是發現了什麼？我發現當我念讀文本，也隨楠西鄉民半信半疑，遠東首屈一指的曾文水庫，真能改善農村生活？動工一九六七年的曾文水庫於一九七三年完工，盧克彰的小說出版在一九七四，二〇一三年我讀畢步行辛亥路的還書路上，藍天白雲啊我心想——曾文水庫早點興建就好了。

我也喜歡無事騎車來到河床邊，眺望故鄉的惡地形、白茫茫蘆葦花地帶，像味全龍的強力主投擲著石子；我也有過一場「曾文溪之戀」像林友新——於是讓我沿文本時間設定一九七〇，倒退來到一九六一；也順水勢往南化、玉井中游緩緩而去，最後在中游大內鄉二重溪區域停下來。

我讀盧克彰，心想曾文水庫若早點興建該多好——

讓我告訴你發生在臺南大內楊家的曾文溪故事。

從沙洲卡車到英烈小祠

爺爺、祖父、還是阿公？楊德三、楊得叁、還是楊德參？因為不曾擁有，每次站在神主牌前執香，我老不知該如何稱呼祂——倒是手邊私藏一張楊德三的解除召集證明書，相片中年齡二十三的祂職稱陸軍步槍兵，面容清秀，算斯文男。今年二十五歲的我努力嘗試喊著相片中的祂一聲阿公，卻感覺哪裡怪怪的——

放上網路立刻引來臉友按讚，朋友隔天見到我說你爺爺真帥，為此趕緊比對相貌，說服自己長得跟楊德三多少有點神似——

阿嬤常說：「嫁來大內之後，恁阿公去作三冬兵！」三年太久了，你們婚姻不過九年，不同於小說中林友新張薏美的言情故事，現實畢竟嚴苛——

楊德三死時不過二十七，留下一女兩男。

楊德三死於一場曾文溪上游的山洪爆發，命斷曾文溪是流傳家族數十年來的普遍說法，我對祂的認識則是來自未亡人阿嬤的說詞——

本來打算到臺南市討賺，「恁阿公連全家的生辰八字攏抄好了，恁曾祖母拚命來擋，才會去曾文溪河床撿石仔。」阿嬤還說，政府賠錢幾十萬，攏乎您伯公收去，講是超渡開去啊，事發彼一暝，歸口灶攏去救人，「恁廟口伯公醉得東倒西歪。」五十年過去，本只想從阿嬤口中拼湊的家族小事，卻讓我活像個記者採訪起受難家屬，阿嬤仍激動：「恁阿公死後，我什麼都忘了。」阿嬤從前據說是大內公學校珠算天才少女，她有我遠遠不及之數理天分，對阿拉伯數字尤其敏感。但她向我述說什麼都忘了，彷彿閉上眼睛就是看到大水——我心中暗自筆記，知道阿嬤百年後該放在哪裡。

又或問起親臨現場小舅公，據說他當晚立刻趕到橋邊，時已入夜，照明不足，河面又呈數倍寬，「已經毋是原來彼條曾文溪了！」林友新說：「都是你，都是你，害人的鬼溪。」小舅公則說：「我看到阮姊夫游起來啊，擱跳落去救彼個啞巴仔，他把啞巴仔推向木筏，結果自己被大水捲去！」

小舅公後來協助阿嬤養家十幾年，天頂天公，地上舅公有交代我，那天要是來了，記得讓他心愛的阿姊留一絲氣回家。

民國五十年，大姑七歲，父親四歲，小叔一歲。

民國五十年，一個以阿嬤林蘭為名，失去男主人的寡婦家族正式成形。

盧克彰筆下的曾文水庫早點完工該有多好。

這幾年因學術工作，我有機會通過微卷機器，地毯式閱讀戰後臺灣的舊報紙，電光石火中爬過《自立晚報》、《中華日報》與《台灣新生報》，那是臺灣歷史在你眼前狠狠地經過——痛快極了。可沒人會知道在我目光抓皺在老作家楊念慈、趙滋藩《中央日報》專欄文章，有一天下午，我會撞見楊德三的死訊。

是的，民國五十年七月三十一日《中央日報》寫著「溪中採石山洪暴發被困大內發生慘禍」。

我是被強制通知認屍的家屬，愣坐圖書館五樓癱軟無力。趕緊放大輸出，因在校生優待，一張還只三塊，我用三塊買回一頁家族史、父親尋父史、阿嬤亡夫史，缺了五十年的大內災難史讓我補了回來。猜想阿嬤當年得知消息，驚恐遠過現在的我。阿嬤說我攏忘記呀，大家攏不乎我去溪埔仔看伊——

二〇一二年夏秋之交，一張報紙的緣故，我騎車載著父親重新回到曾文溪邊、當年事發的二重溪橋頭。時值菅芒花季，連著瓜田、丘陵地形，在我眼前是一張值得寫生的天然山村風景畫，新建的堤防具有防洪功能，晨起日落也有鄉民來此運動。這幾年大內不再淹水了，早年的二重溪吊橋已然消失，六〇年重建的水泥橋又在十年前慘遭大水沖毀，此刻腳下這座觀光大橋挺牢固、極寬敞、不遠處就是可以窺測星象的南瀛天文臺——

記得當我將報紙護貝分贈給父親與小叔，他們捧報、仔細端詳瞇著老花眼睛的神情——父親與小叔都五十多歲，卻是第一次如此靠近生身父親。他們隔了五十年終於確認父親的死去，父親雙手顫抖。是我無心提供了一個屬於災情報導中的父親形象，其中兩段涉及人的描寫，那是楊德三嗎？那記者新聞語言是這樣寫下——

滂沱大雨中，突然山洪暴發，溪水猛漲，該等工人無法逃越溪水，均登上卡車避水，豈知洪水越來越大，水勢猛烈，卡車迅速岌岌可危，全車工人各個驚心動魄，向岸上大呼救命……

父親與我走在橋頭附近砂石場，鄉間開採砂石風氣素來旺盛，只因砂石值錢，砂石乃國家財產。戰後建設臺灣的六十年代，偷挖砂石曾是禁忌，不知臺灣文學當中有多少砂石書寫。楊德三當年只是名搬石頭工人，事發後曾祖母四處觀落陰，探問他的心肝子是去叨位——阿嬤說系恁阿祖阻擋阮去臺南市，恁阿公才回去搬石仔——

實則楊德三也曾是宋江陣一流的鼓手、當兵時是一流長泳健將……我的手上提著一紙袋香燭，想著當年祢有喊救命嗎？強風豪雨，阿嬤說她在家裡擔心風雨、不到一歲的小叔哇哇大哭，父親則在打呼。如今中游河水無波無紋，難以想像當年山洪爆發、河床遼闊如出海口的駭人場面。其時救難人員於此緊急抛下無數竹筏漂流木，企圖給困在河中的卡車災民救生，卡車上的祢與十來名工人挨擠、揮手、吶喊、祢一定也想活下來吧——

大內分駐所全體員工，發動村民趕往現場搶救，是時水流湍急，河床遼闊，無法下水，緊急聯絡軍方請求借用橡皮艇，兼之天黑雨大，經用探照燈，亦無法發現被水圍困之人群狀況。

很多年前我也短暫到過夜晚八點曾文溪邊，那時小舅公正著迷抓河蟹、溪蝦，以及據說每逢曾文水庫放水，從上游沖出的肥美大頭鰱、筍殼魚，我不敢靠近。我只等在橋頭，看小舅公停妥了機車，領父親持著探照燈搖搖晃晃向河邊逼近，始終我都與曾文溪保持距離。父親與我繼續走在二溪觀光橋頭，前方左轉即是曲溪、二溪村落，那處也是阿嬤的娘家，但我們必須右轉，走上兩分鐘的路，目的地是一間叫英烈小祠的萬善堂。很多年後我也才明白，為何農曆八月廿四，全臺灣都在祭祀萬應公，阿嬤會「請」二爺爺騎車載她來到橋邊的這座小廟仔。是的，萬應公廟專收容無主冤魂，據說民國五十年被洪水沖仔的十數亡主最後都來到了這裡，他們是——

> 被洪水沖走，生死不明的十一位工人，多為大內鄉人，警方現正挨户調查核對個人户口名簿。十一人為楊能致、楊崑義、楊德三、楊金蓮（女）、楊兔（女）、楊阿富（女）、楊迎（女）、楊傳（女）、楊美新（女）……

溪中採石山洪暴發被困
大內發生慘禍
（廿三工人僅七人獲救脫險 五人身死十一人下落不明）

中華民國五十年七月三十一日《中央日報》第三版。

白紙黑墨，死亡名單，楊德三清清楚楚在我眼前浮現，一如當年救難隊伍在曾文溪床挖到了祢深陷泥濘的屍首，而我在微卷機器前努力辨識面目模糊的祢：爛掉歪腫的鼻、發臭長蟲的軀體、一雙軍用長靴。我呼吸、彷彿看見英烈小祠榕樹下，體膚完好的祢對我文文在笑，而後來的二爺爺機車熄火，他坐著、他等著。

不同於多數萬應公廟號，眼前水泥屋所以叫「英烈小祠」，緣是祭拜抗日英魂，阿嬤相信祢也在這裡，她拜祢達四十幾年久——萬應公象徵早年臺灣先民爭水械鬥的血淚史，遂讓我明白祢也是拓墾之一族，盧克彰、林友新也是；我在祢的死亡當中讀出臺灣人拓荒之精神：憨直、傻勁、古意；我也正在文學領土上耙土、犁田。祢撿拾石頭度日，我挑選文字爬稿子——少年若無死一遍，哪有路邊萬應公——英烈兩字銘刻祢捨命救人的事蹟，祢是二十七歲枉死曾文溪的少年魂。

通過書寫，砥礪我心志、耗損我精神、上窮碧落尋找關乎祢的材料，我才能重新指認祢，寫祢認祢、喊祢爺爺祖父阿公都好……

虛構祢並不應該，寫祢如此痛苦，才能感受午夜翻滾洪水中祢為漂浮木圍困，從溺斃到斷氣；從肺腔為大水灌注、直至沖垮了五臟六腑。

祢失溫、失去方向感，在暗夜中鎖喉窒息，意識發白、大腦缺氧送命前祢是想起了誰？

二爺爺說：「好囉，來轉。」

走出英烈小祠，阿嬤火掉冥紙。旺旺仙貝、孔雀餅乾就留在英烈小祠。

我喊楊德三阿公。

我的阿公是孤魂野鬼。

寫生男孩新鄉土

當我的微捲機器滾動過了祖父死訊，下個畫面緩慢推移來到民國五十二年，好巧盧克彰墾拓散記專欄適時一篇篇浮現：〈祈雨〉、〈蝸牛〉、〈火種〉……跟讀盧克彰東部拓殖故事〈母雞〉、〈入山〉、〈溫情〉。我漸漸想起一幅彩色筆寫生。畫名是什麼？畫名與今日農業縣各個鄉鎮路口還能見的地標紀念碑一樣，它叫做「吾愛吾鄉」。

畫作出處是中華民國八十一年度臺南縣大內鄉農會農村文化建設四健教育活動成果展示四健國小中年級組彩繪第三名，得獎者是我的大哥。

「四健」的概念是什麼？——健全的頭腦、健全的心胸、健全的雙手、健全的身體，起源於美國的四健會，一九五〇年代通過農復會引入了臺灣，意在鏈結農村青年加入土地改造新運動，其中是否就有林友新、楊德三，以及我那念曾文農工的父親與小叔呢？農業子弟江湖老，林友新說：農業永遠不會過去。

當年十歲的大哥無意闖入四健會隊伍，替我擘畫出解嚴後臺灣農村孩童心靈圖像，構圖質素向我諭示一條通向故鄉田埂路：山、斗笠、果子樹……得獎畫作遂也成為我小學六年來美術課最佳範本——

一間紅燒屋瓦的屋舍，似乎住著人，從前我以為那算家，現在眼光來看，想它農舍即可。

生著狀似酪梨的纍纍蘋果，靈感大概來自APPLE，我們家什麼都種了，就是沒APPLE，我也很愛畫APPLE。

團團山丘比例失衡，狂舞的蕉樹卻結了四五顆椰子，身世不明大鳥如外星人飛行器，令人想起南鯤鯓的洪通；我也喜歡畫山，家鄉畢竟不靠海，我畫的山還有高壓電線纜，不靠海我也常畫兩三隻海鷗，以黑色幾筆描眉般帶過。

分不清日出日落的太陽是我們兄弟倆相似的角度，農村溫度不至過熱，我不怕熱，可在田裡噴農藥中毒中暑的長輩，可從來沒少過。

大哥曠世畫作後來遺忘在三樓倉庫，差點被母親送去資源回收。比起繪畫，他更傾心於中華職棒，鄰居都勸說父親該把大哥送到善化國小好好栽培。

大哥小學生畫作，題名「吾愛吾鄉」，是我心中的農村樂，他筆下脫褲尿尿的男童正是我。

這個春天，我將它搶救出來，拭去畫作塵埃、翻拍、並小心翼翼將它懸掛展示，距離上次公開展覽已二十年過去——

二十年前展覽地點就在大內國中，記得父母親牽著我一起來見證這份屬於大哥的榮耀，母親卻不斷脫隊去品評其他僅只入圍的簡易塗鴉：什麼豬圈、菜園、鄉公所的……準備上國中的大哥因補習美語不克前來，父親則是不停稱讚那首獎，畫的正是我們庄頭廟朝天宮，父親用字正腔圓國語說栩栩如生、香火鼎盛；我則看中了一幅養鴨人家，當時具體對照的池塘，約莫也在曾文溪二重溪大橋附近，那裡埤塘無數，鵝鴨無數，我想自己是被那池水深深吸引，鄉下埤塘往往是孩童禁足之處。

我們三人最後才晃到了大哥畫作前方，就算心中生出一絲驕傲，大概也都埋進了土裡，突然一位衛星打轉般的老阿伯靠了過來，一看正是同父親熟識的評審，他說：「哎呀、楊先生你好，恭喜啊，你兒子這畫少了點什麼，不然大家都挺喜歡，差點第一名了！」

濃重外省口音，立刻引來現場觀展十數鄉民的好奇，我看著大家對大哥的巨作比手畫腳、聚集，心頭感覺奇怪，好像正在數落我們一家、大家還都當起應聲蟲說：「對啊，到底是少了什麼？」

父親說大概少了墓仔吧，臺灣莊稼人死後埋在耕了一輩子的田。我想起曾祖父就埋在芒果園；曾祖母葬在酪梨園；阿公楊德三撿骨後二葬在家族墳場，背後有棵百年龍眼樹；母親接著說，我感覺少了瓶瓶罐罐農藥啦，年年春與巴拉松啊，我們家附近這麼多農藥行：「怎麼沒給它畫下來，傷腦筋喔——」

我小蜥蜴般咻進了人朵，同時發現大家還忙著品論畫作中的饅頭山巒、孤枝尷尬的太陽花、其中那位在屋邊樹前小便的孩童引起大家訕笑，母親極羞赧：「唉呦、連放尿攏畫出來，笑死人。」

我的直覺告訴我，大哥筆下肆無忌憚、恣意脫褲小便的男童就是我。

這麼聯想，我突然也明白了那泡尿之於畫作的重要性不在戲耍、搞怪、惡作劇，那遙遙隱喻臺灣多少農村，一如林友新所說——我們是缺水區域。

二十年過後，當我凝視小學生畫作，答案它自己浮現了出來。是的，少了點什麼呢？大哥少畫了一條曾文溪。

大哥和我確實共享過曾文溪記憶。多少年後我才驚覺，眼前農村圖象源頭也來自二爺爺——二爺爺才是大地主，沿曾文溪畫大弧盡是他的小黃瓜田：一甲地、兩甲地、三甲地……遂明白是二爺爺讓我見識什麼叫機械化耕作，他擁有兩臺清果機、三架噴霧機、四座鋁製大水塔，農業全部電動化。

該怎麼說，我家縱然十多塊畸零地，阿嬤一人照顧不來，阿嬤甚至長時間被載去協耕二爺爺的田，為此不得家人諒解，父親小叔離了祖產當起做工仔人。

說是畸零地，倒不如也說是爛土與壞田，好幾塊隸屬祭祀公業，分瓜賣錢都無法。

大哥不小心把二爺爺的田地畫了下來，是祖孫隱喻、是情感證據。

證據著二爺爺曾任職吾鄉酪梨班班長，從小我們兄弟便隨他率隊北上參觀各式有機肥料廠。二爺爺乃吾鄉農業代理人，移植、育種、注射專長兼備。我無法忘記他調配農藥專注神情，他替芭樂穿果衣、剪萎枝、徒手抓起一隻飯匙倩的勇態；他常開著鐵牛仔在家長接送區等候我；天要落雨就趕緊收耕，斗笠頂著跑步替大哥送雨傘……

我們都算是二爺爺帶大。

不錯，那開貨車的正是二爺爺那頭的大兒子，加長型貨車是吾鄉第一臺，走在狹窄村路，忍不住就替他緊張起來。

大哥畫下既親且疏農村寫生圖，一如我們後來與二爺爺想見又怕見。

大哥未來將與我平分祖產。

大哥畫下別人家的田，把外人當了自己人，卻忘了畫下離家不遠、老老實實那條曾文溪，怎麼是寫生呢？

是因曾文溪溺了無數大內國小學童，曾文溪也溺了真正的阿公；還是降水遲遲不來，所以曾文溪一整條它不見了——

不如讓我重新將它寫下去——

不如讓我期待春天吃蓮霧、夏天吃大西瓜、秋天吃文旦柚、冬天吃蜜棗吧……

讓我種出來！

《續曾文溪之戀》

到現在仍下意識跳開有關八八水災的情節，那個夏天我正準備上臺北讀臺文所，只記得狂風暴雨連下二十幾個小時，原本預定的墾丁旅遊已泡湯，父親偷跑去參加建醮酒會，被車回家，醉暈爛在客廳沙發上，其時晚間九點，電視紛紛傳來最新災情：六龜、寶來溫泉重創、甲仙橋下有屍首浮現，屏東多個鄉鎮汪洋一片，我們家三樓神明廳則被暴雨灌入，水淹及踝，誰料災情竟從樓頂而來！隔著緊急封死的落地窗，我看見住家附近一幢幢半掀舞開的鐵皮屋頂，轟隆隆招手救命似地，像隨時會連屋拔飛而起、落地、割傷、壓傷路過無數逃難騎士；襯著高壓電筒爆炸聲響，十二點先是跳電、再復電、又跳電、最後是長達七天七夜的斷水斷電、鄉公所方向發出空襲警報，一整夜天空持續播送著——曾文水庫即將洩洪，低窪居民請注意——

那也是颱風夜唯一的人聲，一名女子穩健冷靜的口吻幽靈似徘徊在曾文溪沿岸村落，這是戰爭，水勢不斷上升——

八八節醉倒的父親就讓他睡一樓、母親膽小決定跟我在二樓打起地鋪，連同大哥三人睡一起，三樓積水勉強控制了，門窗快速鎖死，伴著一句句「曾文水庫即將洩洪，低窪居民請注意」，我們在懼怕中顫睡而去，我們被不明颱風動態恐嚇著——

四點鐘大哥手機響起，是住低窪的高職同學打來，說水淹到二層樓了。

我家因地勢偏高，除非曾文水庫遭到轟炸，是不可能淹水的——

床上躺著，腦袋浮出幾個場景——

水庫洩洪，半夜緊急停電，風雨未曾歇止，一切盡在午夜發生。那沿曾文溪低窪地區，住著平日行動不便、坐輪椅的阿公阿嬤們如何逃命呢？

又或者獨居我家文旦園附近獨居組合屋阿婆，那處鄰近排水大溝，雨勢如此猛烈，鐵定淹掉了，她來得及撤走？

再也無法入睡，立刻下樓，開鐵門。騎樓外、柏油路面早停滿來自淹水區域的小客車，產業道路成了停車場，軍用卡車一輛輛駛來，我相信國軍弟兄大概很快就會趕到了——

焦慮、無法介入、只好亮起騎樓摩托車大燈，給予雨中災民一線照明——

八八水災一夜喚醒多少臺灣青年的心，幾乎每天流淚看完東森中天三立民視各家新聞，不錯過任何一條賑災訊息，當災民被空警隊救起，我跟著母親一起感佩、流淚，印尼姊姊也加入發送便當的行伍，擔任義消的父親乘上救生艇航向成了水道的故鄉：紅綠燈觸手可及、四處浮著沙發、床燈、腳踏車，白鵝游過全家便利商店，鴨群歇在加油站火炬標誌邊，像在拍賣薑母鴨；那來不及開走的轎車顛倒卡在透天厝二樓，碎形的家庭在水中載沉。大水讓縣市失去分界，上游楠西的漂流木、南化的電線桿、玉井的路標都流到了大內，讓人懷疑當年曾文水庫底大埔村，是否也隨大水滾滾出土了。

山河在我心中變色，消失的農作物，消失的曾文小溪。臺灣面目全非，從未有過這麼瞬間，臺灣同時在我心中如此清晰、深刻——臺灣像我的心臟，土石流是我的血液，臺灣滿目瘡痍，我的心就跟著滿目瘡痍。

林友新說他要留在楠西。

趕緊約幾個暑假歸鄉老同學在緊急救難中心碰頭，說是擔任志工，一來害怕礙了事，一來也想多做點什麼——

發送物資，整理堆疊一整間教室的泡麵、餅乾、礦泉水。

一個小學隔壁班的男同學說在家等當兵。

一個大我幾屆資優學姊正在臺南市實習。

一個白布屍體突然扛入露腳平躺在穿堂。

一個唇紫臉青九十歲老阿嬤安置校長室。

緊急中心亦是權力中心，不注意就會聽到新進的死訊：一個、兩個、三個，因為不能不聽，事情被這樣轉述出來——

「水本來只到腳踝，阿公因爲中風住一樓，八十幾公斤重啊，相依爲命的阿嬤拖不動，又不能丟下老伴，眼見水勢越來越高，阿嬤一路哭著爬著丟下了阿公往二樓逃去，大水立刻衝進客廳了！」

「一間組合屋不知道叨位飄來的，驚死人喔，消防隊水中辨識了門牌號碼，判斷屋址應該在村外文旦園方向，遊艇趕緊往文旦園駛近，果然發現一名阿婆卡在文旦樹上……」

「曾文水庫再度洩洪，下游善化、安定、麻豆沿岸居民請注意。」

……………

我們現代怎樣當兒子

我正在替父親把風。

我趕緊拉上顯示為「治療中」的帷幕，好讓以下一切事宜不輕易被發現。

這裡是低溫冷凍的加護病房，約莫半鐘頭前，父親從住家後方的媽祖廟求來了一杯水，倒進社區活動中心贈送的隨身杯，令我拿著，他開車，出大內，途經省道官田六甲路段，讓南國藍天陽光通過車窗向我們團團送來；半小時後，抵收費停車場，早已算準了探訪時間到醫院——

這間搭設於鐵支路邊、鄰近林鳳營與柳營火車兩站之間的附設醫院，病患多數來自農業縣臺南，並以老歲人居多，我們都至少有個親戚正看診於此，常在院間走道認起了人——唉呦，你也來喔？來拿藥啦！啊誰載你啊？我自己坐接駁車啊。生病是公公開開家務事，我心底這一件卻要懇請閱讀的你保密了。

帷幕內，父親緩緩從褲袋變出了一根自備的棉花棒，沾濕、戴上口罩的他眼神專注在阿嬤布滿針頭管線的臉部、手面，輕輕點了一下。我是一邊忙著擔心小心別細菌感染、一邊忙著分散護士的注意力。半顆頭探出了「治療中」的綠系布簾，眼睛掃射護理站、無菌衣更換處、規格化隔間，空靜的加護病房內大家都忙碌著。

二〇一二年春天，阿嬤因急性肺炎再轉發敗血症，送入柳營奇美，很多老人都這樣去的：

先輕感冒、轉成肺炎、痰中有菌絲、抽痰、抽痰、抽痰……洗腎與敗血。醫生宣布阿嬤活不過七天，當晚，父親隨即率領我們一家七口在媽祖廟跪掉半個時辰。

二〇一二年也是臺灣的宗教年，從初春到秋末，全臺四地都在燒王船、慶祝媽祖誕辰、各路神祇千秋建醮，鏗鏗鏘鏘，臉書上不斷傳來遶境現場照片，我的中國朋友學臺灣人跪在地上鑽轎腳，並以此姿勢拍下系列照片，臉書獲得數百個讚。

二〇一二年，我家後面那棟重蓋了十年的朝天宮媽祖廟，終於要開廟門了。挑燈的籌畫、緊密的流程，村民視之為吾鄉自兩百年前開基以來最重要的盛事，讓許多遷出數十年的外地遊子，也推著坐輪椅的老父老母回村赴會。

位在朝天宮廟後的楊家，其家族發展史即是一部媽祖進香史，我的父親、祖父、伯公甚至家族女性長輩都有一部媽祖經，我也是。

父親擔任要角，可說是二〇一二年開廟門的風雲人物。他能管理宋江隊、理解廟宇文化與在地發展間多重鏈結，更重要是他對故鄉文化傳承極具使命感。

廟會前十天，鄉里內的鬧熱氣息十分濃厚，大家都期待著，而醫生宣布我們得做心理準備，父親日日自夜晚操練宋江陣的現場抽身至奇美。

阿嬤隨時會走，事情一旦發生，父親及我們一家將因守喪關係不得參與廟務，這是小學生也知曉的常識，媽祖都要傷腦筋。

蓋了十年的大廟，十年內多少人未及看它落成即撒手，我也在這十年長成一個臺灣文學研究生。十年可以發生多少事情呢？姆婆伯公都不在，姑婆也不在了。一座廟如何定錨一鄉鎮的情感結構，再沒有比住廟後的我們更能述說這份情緒。開廟門大家都期待，若父親因守喪缺席，媽祖香勢必失色，慌亂廟務工作，潰散宋江隊伍，可以說少了父親奔走，進度難以推動，那次廟會不能沒有父親——

大家難為情呢。

大家只能等待。等待的日子，我們做了很多事情：聯繫葬儀社待命、通知阿嬤的外家，姨婆在前往病房上的電梯抱我痛哭一場；我們也跟隨廟會遶境，去北港朝天宮買綠豆口味的大餅、土豆、蒜頭，開心吃了有名的當歸鴨肉羹，大哥還用line上傳了小圖。

等待的幾天，父親與我一到探訪時間，便重新上演這齣搶救阿嬤的戲碼，父親正在為阿嬤做傻事：棉花棒，沾水，全身從頭到腳點一下，彼時阿嬤已輕微變形，本有大象體態的她瘦成四十公斤，全身水腫，氧氣罩、呼吸器、鼻胃管、抽痰機……大姑看到就說不要了、母親好幾次跑錯病床，搞烏龍、說每個阿婆都長得很像呢。

我的把風功夫則越發深厚，有一次突然遇到護士闖入，父親緊急撤了手，我腦筋一轉，立刻向護士解釋、看！阿嬤有反應耶。我指著阿嬤眼角的水漬，說阿嬤很像在哭。

現在想想，說不定彼時阿嬤看到父親為她勞心苦命，冒著被趕出醫院的風險，確實滴下了眼淚。

阿嬤與父親關係十分緊張。當我年幼，一次放學在樓上聽聞醉歸的父親同阿嬤怨嘆著，內容模糊，但情緒該反應是長期受到阿嬤的忽略，父親像說了我在外面出事妳會擔心嗎的句子。

在樓上貼著木板牆偷聽的我喘不過氣，沒有心理準備，剛烈的父親原來也是個孩子。

阿嬤因早年喪夫，三十歲開始女人當男人用，嫁在千人大家族，她是如何養大三個孩子？她還要面對妯娌的言語，死了尪、連傷心時間攏無，政府給予的賠償金阿嬤說她一毛沒拿到，唯一具體的喪偶反應是，阿嬤說她什麼都忘了、連最擅長的算術都弄不來。

父親彼時四歲，夾在得以協助家事的大姑以及剛出生的幼子小叔之間，成了他自己口中最不被關愛的孩子。

父親是體育長才，這點遺傳自祖父：田徑、足球、棒壘賽，國中老師都建議他要去念彼時專收體育生的南英工商；說、這囝仔沒好好栽培，會太可惜。實則父親並非怨怪阿嬤無錢財供他練體育，是在同一個時間點，二爺爺抵達了我家客廳，並順勢帶來一嗷嗷待哺的小食客，才一兩歲。

很多年後，我曾偷偷問過阿嬤，妳後悔無？我還用相當現代的說法告訴她——妳怎麼把自己搞成這樣呢？

阿嬤勞碌一輩子，哪裡有時間沉澱悲傷、思考出路？張眼即賺錢、工作、三餐，家務事亂成一團。日日出沒二爺爺的田，增加雙倍農事，為此不被子女理解，然後遭逢鄰里側目，那也是災難的根由，不知情的人還以為阿嬤拿了什麼好處哩！怎會有好處，我小時候天天都在當她的定心丸，陪她去西藥房借錢、去農藥行還錢。

我也想起國中，日日在跟父親吵架、打架，阿嬤總會一個人吃力爬到三樓，來到我的房間，好言相勸要我同父親道歉，甚至連臺詞都幫我想好了，什麼爸爸失禮，我卡袂曉想——我聽了搖頭、心想真是荒唐。

直至很多年後才驚覺，我與父親關係緊張，阿嬤是覺得她也有責任；才驚覺母愛太少，又未曾享受過父愛的父親，他如何能扮演好父親的角色。

我太難為父親了。

再說明明父親未曾冷落過我。

小學六年級畢業，拿不到縣長獎，他仍是典禮前一小時即到現場，隔著教室窗戶我看他在樹下逢人問路，心頭竟替他感到羞赧。本只是以家長身分出席的他，因是優秀畢業生楊富閔的爸爸，又被請去頒獎，那天他換下平日的工作服，改穿休閒皮鞋西裝褲，現在才明白牛頭班出身的父親，是如何以會念書的我為傲。我得到林榮三文學獎，他四處稟報，說我們家這小尾仔，真了不起。

我念私立的、昂貴的黎明六年，天天都在裝病，中午別人放飯，我請假回家。父親那時剛辦手機，會立刻驅車前來護駕。他接送我十幾年：補習下課、北上南返的火車站、麻豆統聯站、高鐵歸仁站，都有他等候我的身影，這樣盛大的寵愛來自一個自小無父的父親，他才是我最了不起的爸爸。對他來說學習當父親如何困難，我曾在三樓倉庫翻出一整套親子教育的錄音帶，猜想是父親的自修教材。

我念東海四年，他出差路過臺中，鐵定過來看我，或順路把我車回臺南。好幾年的中秋，我因疏於提前購票，被困在大度山、一人據守在宿舍，我不以為意，父親倒緊張起來，半夜三點自行驅車到校門口，隔著山嵐霧氣的中港路向我揮手，回程在清晨古坑收費站買營養早餐，那日冷氣團剛報到，他怕我受風寒要我躲起來，躲起來？我不解其意，邊走邊傻笑，該躲到哪裡？心頭卻溫燙如安裝一臺迷你暖氣機。

我出版《花甲男孩》，他自己手繪表格，拿到公司叫賣，要大家填好名字，還自備零錢袋。《花甲男孩》在他的紡織公司賣出五十本，我覺得很驚人。有一次，父親的客戶告訴他：

我讀到你兒子的文章，常寫你的壞話。不久傳到我耳裡，我心底後悔極了，趕緊修掉所有文字。

最近騎摩托車載他去看醫生，他一手搭在我的肩，我發現從前載他搖搖晃晃，現下卻平穩多了。父親失眠長達三十年，近五年因阿嬤的病，他瘦了不少。

二〇一二年春天，媽祖遶境圓滿順利，阿嬤病情穩定，是熬過來了。當晚廟方舉行平安晚宴，全鄉居民都聚集到了廟口吃辦桌。我看到許多離鄉十幾年的親戚、鄰居、老面孔都有回來，問候聲是這邊那邊。從前在我家斜對面賣自助餐的淑枝阿姨就坐隔壁，看到小叔即問：「恁母仔最近好沒？我今嘛有時住高雄，有閒才來看伊。」、「攏不知恁阿伯仔、阿姆仔攏往生啊，這遍轉來才聽人講起。」廟事即是家事，這是在地人的共識。

席間，我四處張望，遲遲不見父親的身影。他的宋江隊員已就座，不斷向我問教練人呢？

教練身體不舒服在家裡。

我有點擔心，在康樂隊搖滾聲響中離了廟口，走回只有幾步路遠的家、上樓。

父親兩眼瞪大躺床上，索然看著電視。我說你怎麼不去、大家都在等你。

父親漸漸失去言語能力，父親沉默無法表達心中情緒於萬分之一，只因阿嬤五年前病時，父親就跟著病了。

三十年來的失眠，終在高壓工作環境以及阿嬤照養事宜積累下一夜暴發。決定辦理退休，太早了，才五十七歲，大家都有充足的理由反對，經濟重擔一下掉在母親身上，我心底也反對，卻是第一個舉手同意。

為了迎接他的退休，找來無數退休專著猛K，我甚至覺得自己應該回南部工作，陪他規畫五十七歲後的人生，我沒有勇氣告訴他——你提早退休，我的壓力立刻來了，明明你說讓我毫無掛慮地讀書與升學。

開始思考能做點什麼，他一人在家，中午有吃嗎？父親向來怕麻煩，該不會煮煮泡麵過一餐吧？我不斷快遞各地美食，水餃料理最是方便；我不斷加強心理建設，承認我們家現在有兩個病人。

陪父親四處看身心科，上網了解關於中年男人心理病症，打電話給他的時候要先列點筆記，他的生活如此空乏，對話容易冷場；也開始幫他處理許多文件，初始我常以他的名義代簽，通常是阿嬤申請外籍看護的物事、養護中心費用的交涉、甚至住院表單，病危通知、放棄急救書，無數的表格，最後乾脆由我一人經手負責。父親有個挺別致的名字，叫做戊癸，天干地支內的戊癸，據說是我家後院早前一位漢文老師的美意，我很喜歡這個名字。

媽祖祈福遶境過後，阿嬤健康奇蹟似好轉，我們開始討論是否拆下阿嬤的維生器材，我們對阿嬤健康有信心，阿嬤能自己學習呼吸、恢復意識、直至醒過來。何止醒過來，誰相信阿嬤幾天後可以講話、認人（第一個認出我）、快速出院並且精神地在養護中心丟軟球、玩積木呢！

父親不斷說我們媽祖真「興」，我則為了顧及醫師的尊嚴與專業，趕緊讚揚奇美實在高明，彎身鞠躬答謝之心情就像夜市販售的擊鼓兔，心底在開party。

遶境過後，媽祖廟成了新興景點，至今一年過去，香客絡繹不絕。

我常獨自一人來看廟，我並不喜歡傳統廟宇炫富式的建築，但廟前廟後，直至每一尊神偶都有我的記憶：開漳聖王、保生大帝、楊大使公、田都元帥、媽祖婆，我來這裡像拜會老朋友。

二〇一三年六月二十三日早上十點，我又在替父親把風。

我趕緊拉上顯示為「治療中」的帷幕，好讓以下一切事宜不輕易被發現——

這裡是低溫冷凍加護病房，六月二十三日早上七點半，父親接到來自養護中心的電話，說明阿嬤在送往醫院途中已然休克，隨後經搶救恢復意識，人已送到急診室。

八點，父親與我抵達柳營，提早到達的養護中心護士箭步向父親說明，急診室醫師也過來解釋將展開的急救步驟，我一人躡手躡腳登入冰冷光亮的診間，老遠看到阿嬤沒蓋棉被平躺床上，我問收拾中的護士，能過去看嗎？沒人阻擋我，我即刻欠身喊她，阿嬤！

發現瞳孔放大，兩眼瞪向天花板，其實我有被嚇到，我知道阿嬤根本已經死了。

九點半，父親與我遂在帷幕內等待救護車人員前來，我們即將陪送阿嬤回到大內的老家，距離阿嬤上次宣布無效剛好一年整。

等待的時候，護士用無痕膠帶在阿嬤胸口別上一臺迷你收音機，唱起阿彌陀佛經；等待的時候阿嬤嘴角一直溢出紅色的唾液，我不斷抽取衛生紙細心擦拭，我不敢問護士，這是血嗎？等待的時候父親愣在床頭無助掉眼淚，我告訴自己冷靜，我甚至沒有哭泣，拉了兩把椅子指揮父親陪我挨坐在床沿。

我俯身向阿嬤輕語、攏好啊，咱等一下欲轉來大內。

握緊阿嬤的手，沒有溫度，開始冷了。

我還說，阿嬤、妳看，我爸爸為了妳拚成這樣、他真是了不起！

這才激動哭了起來，我是多久沒公開稱讚父親了呢。

面對中年退休，將長期在家的父親，我所能給他的只剩大量的肯定，逼自己要大量的鎮定。

我將父親摟住，密閉的帷幕內，想起他偷偷摸摸以棉花棒替阿嬤治病，才意識到治療旅程已經結束，才發現父親滿頭大汗、雙手也是冷的。

阿嬤死了。自一九六一年祖父在曾文溪水中溺斃，五十多年過去，單親媽媽楊林蘭人生旅途正式結束，五十幾年來厝內發生這麼多事，陪坐在救護車上時，我怕阿嬤沒有跟回來，我緊緊握她更加冰冷的手，我說阿嬤妳真是辛苦了！

阿嬤後事圓滿結束，一個晚上，我們再度回到朝天宮，備了祭品來向媽祖叩謝。

等待香過的時間，空靜的挑高的廟殿，光明燈牆，裊裊檀香，給出了舞臺。一家八口在廟腹打發時間，做什麼呢？妹妹在神桌下捉迷藏、母親在側邊的接待室看「風水世家」，父親小叔到外面抽菸，我抱著遊戲的心情，拿起了杯筊打算求籤。

心底邊盤算求什麼，邊從籤筒抽出一支編號五十的籤枝。

隨後媽祖婆連許三次聖筊，出奇地順利。

我向來最怕抽籤拖拖拉拉，我們的媽祖阿莎力。

蹲在籤櫃前，從籤櫃拈出了編號第五十支籤。

凝神我讀了籤文，立即發現異狀。

我叫大哥過來看籤，我說非常有問題、遞上去——

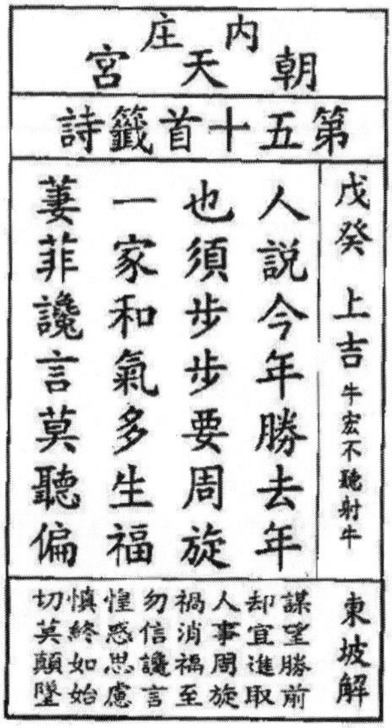

內庄
朝天宮

第五十首籤詩

戊癸 上吉 牛宏不聽射牛

人說今年勝去年
也須步步要周旋
一家和氣多生福
萋菲讒言莫聽偏

東坡解

謀望勝前
却宜進取
人事周旋
禍消福至
勿信讒言
惶惑思慮
慎終如始
切莫顛墜

大哥細細朗讀著籤詩內容：人說今年勝去年／也須步步要周旋／一家和氣多生福……

被我這樣呼攏，他也緊張了起來。

我安撫他說是一支好籤，但你看清楚，籤詩版面這麼豐富，籤詩學問很大哩。

大哥順著我的手勢，重新檢視起了籤詩，可惜他似乎敏銳度不足。

他問是求什麼？我驕傲地答覆——求父親鬱症快好！

第五十支籤的籤序為戊癸籤，是支上上籤，籤曰戊癸上吉。

是的，父親的名字即是戊癸。

為阿嬤做傻事

這篇文章起源甚早，卻遲遲無法寫完它，數個平躺床上構思語句、孵化敘事、打開手機鍵下靈感的夜晚，兒時記憶同時如甲仙左鎮山區土石流翻滾而來：有時我因一個畫面在半夜暗房笑得吱吱叫像隻錢鼠；有時我因一個場景：客廳、農舍、山路，幾句無心的對白、淡漠的表情、冷掉的情節讓人睜眼憤懣直至天明。我不明白自己為何迂迴故事發展、抗拒敲下文章句號。

二〇一二年五月，接下「三少四壯」專欄，開始過著以文字健身、如服文學替代役的日子，那也是阿嬤在醫生宣布存活率不到十的初夏，我慌亂中開筆寫首篇〈六月有事〉，一種祖孫間的默契讓我預言阿嬤定在文章連載期間離開人世，二〇一三年五月，〈寫成一個老作家〉當成文字事業自我期許終篇，我在心中竊喜，阿嬤還活得好好的，並不知當時人在臺南的她已進彌留狀態。同時我也開始續寫這篇〈為阿嬤做傻事〉，停停走走，心神不寧，幾度將檔案移至資源回收桶，我的直覺告訴我——得回臺南一趟了。

那是六月，我例行性到養護中心看她，騎車經山區平埔公廨，發現今年果子盛產：玉文、愛文、金煌、新品種芒果，那是六月火燒埔啊，島嶼如熔爐、高溫飆四十，電視紛紛傳來遊民熱死的新聞。

阿嬤突然在六月二十三日早晨七點多，於前往醫院的救護車上休克，同天十一點二十三分病逝家中，一路我隨侍在側，精神地協助父母親辦理後事，心中有個聲音浮現：阿嬤已經為我完成「六月有事」了，苦撐一年不是什麼媽祖神蹟、醫術高明，而是滿足我魯莽的語句、任性的修辭。

為阿嬤守喪的日子，工作移回臺南，逼自己寫〈為阿嬤做傻事〉，文章前段她活著，再開筆阿嬤已不在了，書寫過程十分折磨，我常下樓到阿嬤設在客廳的靈堂，襯著誦經錄音凝視她的相片，一下告訴她，我不要寫了；一下求她讓新書順利出版。不寫是害怕寫完阿嬤從此消失不見，渴望完稿的決心卻也十分篤定：想像的掙扎、記述的鬱結、南國的酷暑，情緒全無出路。記得我早上處理新書編目，下午趕至葬儀社校對阿嬤訃聞，同時使用兩種文字立體化阿嬤的故事，我Hold住、不垮下來，我只不明白天氣為何炎熱至此？臺南曾經這麼熱？坐低溫二十冷氣房敲打，大口吞冰塊消暑，其實是一段很難受的日子。

八月，想放棄〈為阿嬤做傻事〉，熱度不降、政府議定高溫假可能、中暑虐兵新聞讓全民共憤，高溫持續上升。守喪期間的暑氣為我帶到了臺北，二十年來體內到底囤積多少臺南的餘熱尚未散去？腦筋一轉，為自己找到了書寫的理由——將熱力傳出去吧！以阿嬤名義傳至閱讀的你的手中：當火種、作引路、可保暖……這也是我為阿嬤做的最後一件傻事，她將在我的文字永遠存活。

天氣、很快入秋轉涼了。

長夏桂花阿閔呦

直至阿嬤都不在，我還不十分明白，何以她有個小名叫桂花？會喊她桂花都輩分高過她、按照仙逝次序曾祖母、姆婆、姑婆、伯公。全世界膽敢喊她桂花的現下只剩我了。

當我年幼，我是大人口中沒大沒小的囝仔，報電話喊本名，見了親戚攏不會叫、沒人知曉我實是生性害羞，喜歡喊阿嬤桂花亦是一種親密性。客廳內大家聽了覺得有趣，阿嬤作勢打我，也被我逗得開心。

我喜歡逗阿嬤開心，除了喊她桂花，每天在家洗髮完畢裹條毛巾躲門後，故意讓她發現，她喜歡評點我頭上那坨殊怪造型，據說像極從前她在頭社的平埔姊妹仔；下午三點是養護機構點心與卡拉OK時間、過年前全家大陣仗看她，現場病患少一半，大家都回家圍爐了，乾放伴唱帶半天沒人點歌，我應該大方高唱翁立友楊宗憲，卻靈機一動拔起了麥克風，轉身遞給四歲小妹，說、大聲喊阿嬤：

阿嬤！

山區分貝來回撞擊阿嬤聲響，驚動午後電纜線上盹龜的鳥雀，天地山川都醒了過來。我跟小妹說擱卡大聲耶，天真小妹不堪激、扯破喉嚨近乎引來護士關切，在場父親叔叔笑到顛倒，我忽然鼻頭一陣酸楚，不是惡作劇但此行徑讓人想起電子琴哭墓。

不久前，中正紀念堂謝平安露天搬演《人間條件一》，劇中飾演兒子的李永豐與同時分飾母親女兒的黃韻玲有場極其感人對手戲，內容大概追述李永豐為人瞧不起的童年，肇因於母親年少一場畸戀，因而出門總有人隨他身後唱起臺語童謠：桂花仔桂花仔討客兄，生一個阿呆無卵葩……

坐在遠處草地、視線不明，我聽了心頭一驚，是這樣嗎？我只聽阿嬤說過最早叫她桂花是曾祖母、桂花是嫁至楊家後被賜予的別名；是這樣嗎？桂花用意就像招弟、阿孽、罔腰罔市般象徵臺灣女性特殊處境，桂花兩字於阿嬤是二爺爺一段情感的禁忌，子女從不觸碰的家族隱喻？曾祖母為此賜她桂花讓她走到哪裡讓大家都喊到哪裡！而我竟錄音機般桂花長桂花短地叫了好幾年。

所以阿嬤微笑作勢打我並非怪我沒大沒小，我也常喊父親本名呀；實情是根本我不斷提醒她三十幾年前荒唐的選擇，那直至在世最後幾年才漸漸為子女了解的死結。一次次桂花喊聲都像領她重回民國五六十年臺南大內三合院現場。戶外劇場雖寒流來襲，我仍全身重汗，捷運上腦海流竄桂花仔桂花仔討客兄，生一個阿呆無卵葩……

長夏伊始，在養護中心的阿嬤開始減少戶外活動，鎮日躺床上，經年透過鼻胃管餵食的她體重驟減至四十公斤，臉頰凹陷，我笑說、阿嬤你瘦得親像猴，可不是，阿嬤就屬猴，目前樣子也頗有猴形，連同阿嬤、臺籍護士在內全被我逗得呵笑噗噗。更多時候，我們大眼瞪小眼，交換罐頭問題：吃飽沒、當時轉去臺北、騎車小心。終於有天我忍不住湊近她的耳邊喊她、

桂花喔！

她眼神瞬間精得，只差沒有坐起來，揮動戴上防抓手套的上肢打我。我想她是開心地，這麼多年過去，還記得阿嬤叫桂花！再說桂花兩字專屬我們祖孫的密語，就像她喊我永遠是阿閔呦，那呦音一出來，人在荒地溪邊野得不見人影的我也知阿嬤在找我。

阿閔呦……

二〇一三年六月二十一日傍晚五時，我獨自至頭社探望阿嬤，阿嬤陷入昏睡，任憑我喊呀搖呀皆不醒，前後停留不到五分鐘，當晚返家告知父親。

二〇一三年六月二十二日傍晚四時，我與父親同車再到頭社，藍天白日老人出洞曬太陽，沒阿嬤身影，進病房，阿嬤意識清楚，只不斷流涎，我問她知道我是誰沒？她嘴中含糊一坨字句、她轉以點頭，給我回應。我到護理站尋求幫忙，評估狀況，火速推來醫療機具，父親閃身而走，那天也是阿嬤生病幾年來，我初次完整目睹阿嬤抽痰過程。

遂看見一條細管伸入阿嬤口腔、咽喉，啟動開關，嗡嗡聲中，護士先試探性前後搖晃，接著突地下探：我看見捲著血絲的液體不停咻入外接透明容器；我看見阿嬤表情就像跌落埤塘、為痰水溺斃的曾文溪災民，五官曲扭、雙手拍床：她在向護士抗議、還是向我求救？我不明白了，為什麼總有這麼多痰？為什麼從前力大無比得以肩扛座水塔的阿嬤會敗給一坨痰物？我愣在床頭，不敢妄動，一分鐘後抽痰機終於停止運作，白衣護士完事輕輕飄走。

強裝鎮定，走了過去，連安慰的話都說不出口。

低頭問阿嬤知影我是誰沒？（為什麼阿嬤定要記得我是誰？為什麼探病經典臺詞永遠是拷問病患認人能力？）

神清氣爽說出我是阿閔呦。

二〇一三年六月二十二日傍晚五時，父親與我離開病房，據養護機構說詞，阿嬤開始陷入長時間昏睡，直至二〇一三年六月二十三日清晨六點半為發現全身抽搐不已，十一時二十三分阿嬤離世。

寫到這裡我才驚覺，阿嬤抽痰後唯一一句話，阿嬤人生最後一句話，是喊了我的名字。

二爺爺少吃的一碗冰

路人甲乙永遠比我更清楚二爺爺到底是誰。

案例一：比如小學四五年級，住家附近青年設計師初開時尚理髮廳，婆婆媽媽紛紛前去朝聖：染髮、燙鬈、換造型，威脅傳統家庭理髮業。一次，趁非假日，我也前去例行性打薄、剪短、鬢角推乾淨。室內設計頗講究，店面促狹，冷氣開放，我覺得溫度有點太低了，同時間，一名年約六十該是做田蓬頭垢面中年阿伯在理髮，大概也是初體驗吧，逕說場面話拷問青年設計師來消磨冷場空檔：什麼這店租多少啊？你誰的後生啊？一來一往，然後講了句——聽說這附近有個姓李的，被人招贅，你甘知住叨位？

坐隔壁，罩著理髮黑衣如死神造型的我豎起了耳朵、直起了身子，動物性本能告訴我應挺身接話：住我家啊！以及姓李的沒被招贅，你毋通黑白講！

案例二：專欄撰寫時，幾次提及被我寫作偽爺爺的二爺爺。一次回臺南，機車停妥了騎樓，午後靜靜的村路引起了騷動，因馬路斜對面一老嫗一老翁見是我：作者本人出現了。隨即話起近日專欄內容，我慌得不知如何面對，該上前致謝還是加入討論，最後聞聲——他寫那假阿公就貴木啊、貴木喔？貴木啊死很多年啦！

這事件讓我反省一陣時日，我是不是做錯什麼。

不如讓場豪華喪禮來告訴你二爺爺是誰吧。一九九九年曾祖母出殯，二爺爺返家奔喪，當時膝蓋甫開刀、裝鐵片的他吃力握緊扶椅呆坐騎樓，我在旁看著葬儀社人員幫他換上了適切的喪服——連身白衣白褲頭頂白帽，就像名廚師。一切都是隱喻：語言、服裝、肢體……二爺爺是曾祖母女婿，二爺爺是我早逝大姑婆夫婿，是我的大丈公。

所以某個畫面常讓我失神：客廳內百歲曾祖母坐在客廳、阿嬤搖著兄弟象的加油扇、二爺爺正盹龜。靜靜的午後的村路，遠方工人在新鋪柏油，熱的柏油，農用鐵牛轟隆隆駛過、拐杖聲、打鼾聲、空氣浮泛著腐爛芒果香，成為日後困擾我的原初鏡頭，為什麼呢？曾祖母姓陳、阿嬤姓林、二爺爺姓李、我姓楊，四個不同來源臺灣女子男子，何以聚集五坪不到小客廳悶不吭聲？

存在於二爺爺與阿嬤間的情感形式與內容到底是什麼？上述質問我在〈長路〉、〈等〉篇章述及，無須再言。

大三那年，二爺爺過世，享壽八十四，自他離開我家恰好十年整。我搭統聯南下獨自來到二爺爺停棺的靈堂，靈堂外無人看顧，靈堂附近為文旦樹圍起，那是四月，文旦花開的季節。

當我年幼，每天坐上二爺爺機車陪他回老家是長夏假期最快樂的事，迎面吹沁心脾南風、看龍眼色田埂、閃電狀蜥蜴定格在肥料袋、農藥罐上；那條路一邊是白色長堤曾文溪，一邊如熱帶動物園，而我像坐上遊園車看豬圈、鹿寮、羊圈、狗群、兔場瞬入我的腦海、肥沃我的想像、營養我的筆耕，現今沿路已是久無人居三合院、拋荒地、或是開滿象徵休耕地帶向日葵花海了。

當我年幼，二爺爺因是老家那邊鄰長，贈送的報紙成為我的晨起讀物，《民眾日報》與《中華日報》是我接觸外界重要媒介，他回老家後，報紙為我們續送。

我們也到高雄立德棒球場看俊國熊對抗三商虎、到善化國小看少棒聯賽，二爺爺可謂資深中職球迷，同時支持兄弟統一。

來自二爺爺的愛由我與大哥獨享，他那二十餘名內外孫通通沒有，這又是為什麼？

二爺爺死後，我偷偷注意阿嬤的反應，比方她開始停止每日坐騎樓看人群的習慣，她說：「免得人家講，有法度行到亭仔腳，沒才調跟伊上香！」二爺爺雖已離家十年，偶爾還從他各個兒子家搭乘興南客運直達我家，買回無數名產給阿嬤，二爺爺也會對七十歲身材走樣、且已開始因頻尿著成人紙褲的阿嬤上下其手。

忍不住我問阿嬤、摟住她，伊卡早對妳好無？

她答袂穤啦，我的白話文翻譯：還不錯。

我想起來了，小學四年級吧，一次為中元普渡採買，二爺爺騎車載著阿嬤與我三人進軍善化，我們去了當時仍得手持軍公教證件的福利中心添購泡麵罐頭衛生紙，固定去仍在車站附近的牛墟市集買顧腳黑藥丸、吃碗藥膳排骨，最後一站才到善化早市。阿嬤一人走入市場，二爺爺習慣載我去逛藝美書局，再與阿嬤會合市場口。善化早市至今仍是我們生活物資補給站，我不記得阿嬤有否順利買到大內山區不易採購的菜什，但我永遠記得以下畫面是這樣的——

藝美書局本日公休，很快掉頭市場。初始路口不見阿嬤身影，概是在著名鹽水雞肉攤排隊吧？概是被延誤在花枝丸、烤魷魚、現撈仔海產攤位？二爺爺機車剛熄火，切到馬路邊，我們的視線同時發現阿嬤一人低頭吃剉冰，她正坐在騎樓下那攤古早味冰店。

洗了三十年衫褲、煮了三十年飯頓，不過為自己吃碗冰，第一碗親自挑料的剉冰：粉粿、紅豆、煉乳，我知道阿嬤最怕熱。

阿嬤看到我們、突然緊張起來，大口咬冰、滿嘴仙草愛玉像誰催促著她。

像被抓包的阿嬤，狼吞冰塊的畫面、倉皇的神情，十多年過去了，想起來仍十分難受。

二爺爺發動著機車，臉色頗為不快。

機車後座的我多想跳車告訴阿嬤，妳寬寬仔吃呀、我等妳。

家屬答禮與赤道孫女

二〇一三年七月五日清晨七時三十分，阿嬤舉行公祭。天氣酷熱，公祭場內七支大扇同時運轉，自動噴水設計讓家屬消暑、鮮花保濕。

我因孫輩無須列席答禮，襯著十五人儀隊演奏，曲目聽得出有〈家後〉、〈感恩的心〉、〈感謝妳的愛〉……我在騎樓蛇來蛇去：穿梭電子琴、大小鼓、伸縮喇叭、一座座樂譜架間，雙手交叉在那探頭探腦，督工姿態大概給樂手很大壓力吧；又跑去牽亡歌仔那頭，和休息中的小旦、紅頭仔法師聊講，心底狐疑到底有沒有放錄音帶。

更多時候我一人守在阿嬤遷至會場的棺木旁，我爭取一張蓮花被蓋在阿嬤棺木，不讓棺木出門光禿禿，阿嬤生性畢竟害羞。

我也看到很多久別的親戚、叫得出與叫不出稱謂的，舅公率隊的「外家」總共來了二十多人，據道士說是破紀錄，且不顧外家不送行舊俗，全都跟到了火化場，他們喊阿嬤大姊、大姑、大姨、無數身分總和在在述說阿嬤此生樸質、低調、不計較、自我犧牲、無限給予的為人。

公祭現場設馬路邊，我也幫忙接待賓客、交收奠儀、引導車流，直至聽到公祭單位來到了阿嬤生前最後居住的康慈養護中心，心頭湧出一陣酸楚，我在場外踮起腳尖尋找阿嬤的看護身影，父親九十度鞠躬，姑姑哀至暈厥，那些護士們是我心底最想感謝的人。

最想感謝的人、還有兩位曾居家看護阿嬤的印尼姊妹，一個是阿妹，一個是淑喜，她們是楊家遠在南洋的親戚、阿嬤的赤道孫女，她們與阿嬤都擁有熟酪梨膚色，看上去更像一家人，且讓我以拙劣文字道聲謝謝妳。

阿妹

阿妹在二〇〇九年聖誕節深夜離開我家之前，她還幫阿嬤做了最後一次罩口糞袋的清理、甚至換上新的尿布、理齊冬日衣物、蓋妥昂貴毛毯，逐一完成分內事項才騎上淑女車往不知名鄉鎮狂奔而去！

事發後，我最在乎的一件事並非阿妹是否失職失責、阿嬤後續照養問題，而是阿嬤好不容易建立起來的友誼、是否因阿妹遺棄再度自我封閉？

阿妹個性開朗、平時最愛同阿嬤分享她存在手機內的男友相片，阿嬤偷偷告訴我、每張攏生得不同款呢！

因阿妹幫忙，我們得以在過年出動兩臺車載阿嬤到她掛嘴上的南鯤鯓，那真是浩大工程，阿嬤仍插著鼻胃管，剛到代天府就吐了全身。阿妹漢草大隻，只有她能將更大隻的阿嬤抱上抱下。

因阿妹陪伴，我大學畢業那年夏天，每日下午四點固定陪阿嬤吃完葡萄、三人合力推她上街，為此我學會許多推輪椅的撇步：上下坡、急轉彎、阿嬤病前從不上街，她幾乎沒朋友，病後三不五時約我要出門「行行耶！」一定要去的當是庄頭廟朝天宮，彼時仍重建中，神像安座在臨時鐵皮屋下；一定要點香，阿妹因錯把三炷香倒插香爐引來阿嬤訕笑，我還有錄影存證，後來這事成為我小說破題場景。

我不跟隊時，阿妹仍習慣推阿嬤至大內國小榕樹蔭，彼時庄內同樣來自南洋的姊妹紛紛準時到來，開起了同鄉會、玩手機、有多少看護即述說鄉內有多少老人：中風的、插管的、失智的……

漸漸地，阿嬤開始不喜出門，尤其迴避到學校，我問不出根源，一日故意慢了半小時跟到學校，卻見現場數十輪椅車隊，阿嬤身陷其中，阿嬤輪椅與住在我家後院老翁並排，恰好讓我看見老翁在拍打阿嬤的肩頸、膝蓋、伸手所及之處，我趕緊將阿嬤推開，原來阿嬤被騷擾，我說、阿嬤妳安怎被占便宜也不講，同時想起二爺爺。

當晚，我嘗試跟阿妹比畫，男女授受不親的道理，在阿嬤身上尤其敏感的原因。因溝通不良，最後只說離遠點、離男人遠點草草當結論。

雖如此，我實是懷念四年前那夏天。阿嬤至少意識清楚，大家圍在她的腳邊，聽她說話、任她指示，小嬸生出一對雙胞胎，我考上臺大，家運由黑翻紅，若說有鼎盛時期就是了。我永遠記得小叔初抱回強褓的大妹，平時總需人攙扶方得以坐起的阿嬤自己彈跳起來，她好開心呀；我五十萬文學獎公布那天，母親獲知消息立即奔告阿嬤，她說、我就知影五十萬一定阮閔仔的！阿嬤從來對我最具信心，沒人相信我能考過機車駕照，直線七秒一定倒，就她說我行；有段時間，她最喜跟人炫耀每日午餐都由我親送，東海大學她永遠記成是國立。

都不在了！

阿妹走後，母親從村落同樣來自南洋看護姊妹蒐集線索，輾轉得知阿妹人在彰化一間小吃部伴唱陪酒，我知道外籍看護逃跑背後因素錯節盤根，我們從不怪罪阿妹，發現幾包平時討吉祥枕頭底紅包亦不翼而飛，人都要被火速送去養護中心的阿嬤還體恤地說、當作乎伊坐車用啦。

這就是阿嬤，錯的永遠是自己。

淑喜

阿嬤住進養護中心後，最讓我訝異是她對陌生環境的適應力，屢屢獲得養護中心人氣王，阿嬤配合度高、不穢語、不躁動，更重要是外籍看護都喜歡她，幾乎每天都在玩互說「我愛妳」的遊戲。外籍看護一句、阿嬤妳知影我誰人？阿嬤即答：「妳是我的好朋友。」醫療空間海報牆貼滿團康活動照片集錦，阿嬤照片量最多、最生動：清明節大口吞春捲、外地歌舞表演用力擊掌如猴，重陽節敬老活動頭戴一頂小丑高帽、半點不像她在家鎮日昏睡智識退化厭食的模樣。

淑喜看護阿嬤一年多，最讓我訝異的則是她不同刻板印象中外籍看護講電話、愛絞摻ka tsang（聚眾意思）、甚至私下兼外務等偏差認識框架。淑喜少言、甚至沒有朋友，自從她的隨身聽故障後，母親擔心她思鄉而照三餐串門子，我搬來一臺電視。

唯一興趣是繞彼時剛出生兩位雙胞胎妹妹玩，甚至主動泡牛奶、換尿布、布置嬰兒房，我有幾組照片非常經典：鄉間大道上淑喜推阿嬤，我推雙胞胎妹妹，輪椅車嬰兒車吃掉整張馬路，引來無數路人驚呼側目，也不管後方回堵機車、牛車、宅急便與鐵牛仔，竟還引發小塞車。我心中得意至極，這是炫耀了！

淑喜其實不愛推阿嬤出門，淑喜怕熱，我說阿嬤也怕熱，那沒關係。抱阿嬤起身次數也很少，該有復健動作也初一十五，其時大家忙開了，阿嬤生病初始那份熱情逐漸退去，我們偶爾會談到花費的問題。

淑喜二十四歲，不如阿妹漢草，長髮小骨架，剛在印尼結婚，她的先生人在高雄港工作，曾來大內探望淑喜，父親說要請吃飯，淑喜害羞躲了起來。

淑喜家中當大姊，下有一干弟妹，母親遂將我高中時期愛風騷全沒穿過的潮踢板褲讓淑喜寄回赤道國家。母親知淑喜個性叛逆、孤僻、很有主見，據說她的婚姻也是力排家族眾議完成的，與先生到臺灣打拚像度蜜月，至今仍跟娘家不愉快。

淑喜讓我想起我印象中許多大我十幾歲的鄉下姊接，祖父母仍在，父母也還在，結婚算天大決定，工作在鄰近善化新市，未曾想過生小孩，淑喜說她最小的弟弟剛滿五歲。

漸漸淑喜眉頭不再深鎖，她喜歡與母親相約逛夜市長談，天天繞著小妹玩。

我們開始將目光聚焦兩位小妹的發育，新生的喜悅，鎮日親戚川流不息，大家來看雙生仔，生活周圍盡嬰兒禮品，才一歲不到我也買來無數一二三數字本、連連看、注音符號，發豪語說妹妹以後升學就業都讓我出力。

我真能說大話、膨風水雞，最愛對家人畫大餅。

小妹開始學說話，她們一個叫淑喜姑姑，一個喊淑喜姊姊，姑姑姊姊攏好，甚至要淑喜抱著哄騙才能入睡。她們語言環境如此混雜，現下大妹四歲不到已能沿著馬路找人攀談；小妹口吃嚴重、表達能力不佳，日後等待她們的還有教育、認同問題。其實淑喜與小嬸國語也不好呀，有時我在客廳半刻時間不到直覺腦脹頭暈，所謂多方交涉、和諧溝通並非易事，我如此幸運得以親身學習。

阿嬤健康狀況掉很快，緣是我們集體疏忽了，二度引發胃潰瘍、罩口周圍的皮膚發炎，本能自由吞嚥的阿嬤再次面臨重裝鼻胃管命運，最後因家中設備不足以應付阿嬤病體需求，我們決定送她再回養護中心。

淑喜年限未滿，沒有續留臺灣意願，母親問她回印尼做什麼，附近有幾個阿公需看護，妳還可以來看妹妹。

淑喜想了一下、字句清晰地說：我想回去生小孩！

砌座農舍，以一張清白衛生紙

這事大概只剩我記得了。

二爺爺歇居我家三十年來，直有消化方面難題，他無法於任何一座馬桶上順暢排便。也稱不上便祕，大醫院檢查說腸胃沒問題，現下想來該是心理障礙吧！回原生老家廁所狀況類似，最後只好到平時由他耕作當運動的愛文園方便。

那愛文園砌座水泥農舍，農舍於我亦有致命吸引力，農舍造型述說地主財力，有些農舍內建浴室臥房，暗夜挑燈開牌局、近年多數農舍轉型蓋民宿，也有那豪宅登記成農舍，是我的農村地貌演化功課；我想像自己有朝一日也為自己蓋座文學農舍，逐日與農作物出版品為鄰，夏日揮汗收成菓子，冬天攜家出門旅行，春秋兩季則在看書寫字中度過。

我的農舍知識來自二爺爺，他至少擁有三間農舍，格局類似土地公廟，是農舍的基本款，我在屏東一帶看到農舍築在檳榔園中央，還養一隻活蹦亂跳土黃狗，二爺爺農舍沒有狗，內頭堆放噴霧機、柴刀短刀鐮刀，農耕用具展示館，鋤頭和衛生紙，平時上個小鎖，鑰匙藏在門邊雨鞋內。

鋤頭是二爺爺掘糞坑的工具，成堆成塔舒潔衛生紙在土色系農舍顯得格外亮眼。

小學時期，固定下午三點半，我都陪二爺爺來排泄。

通往二爺爺的愛文園行經大內國中，三點多剛好放學打掃時刻，校門口有零星學生拿竹掃帚追逐，在大內國中側門我們轉進了龍眼樹隧道，不遠處就是曾文溪了。二爺爺的田皆鄰近曾文溪，取水便利，每年光靠收成小黃瓜與哈密瓜得以買下無數透天厝。

出了龍眼樹隧道，卻見兩邊田地無數積水，隱隱約約的水流實是曾文溪微血管般的支流，支流游著蝦、魚、螺。西北雨、颱風季來時溪水暴漲，愛文園泡在水中，到達愛文園的產業道路寫來看似抒情、童趣，現場是坑坑洞洞、地基坍方並不方便呢。

我就在愛文園的農舍外頭，目送二爺爺扛鋤頭、腋下夾了衛生紙走入光線不明愛文森林，當年植栽誤種得太緊密，開枝散葉的愛文樹牽成愛文海，結果時園內成片白茫茫紙袋，我獨立於愛文森林中心等待。

等待二爺爺的時間，愛文樹上千顆萬顆白茫茫果袋，隨風飄動像吊死幽靈盯視於我：

「你是誰呢？」

「農舍的東西毋通黑白拿！」

「安怎跑到別人的田？沒家教！」

我想辯解，手指比畫愛文森林方向說是他、他是我爺爺！

等太久會以為二爺爺出事，便試著以農舍當圓心、以目視所及當安全距離走動，愛文園地上積有厚實的落葉層，脆滋的響聲，小心的步伐，不注意就踩到二爺爺的排泄物吧，我想。

樹林間，有時像看見二爺爺彎著身子、如《豐年》雜誌紹介臺灣農民形象，一鋤又一鋤，掩蓋他在我家吞食的消化物。

埋有二爺爺十數年來的糞便，是果園內天然肥料，夏天滋生出碩美的愛文。

二爺爺的愛文四處分送：他的原生家庭、遠近親戚、農業朋友，我們領親戚那一份。

當我年幼，有人笑他、肥水不落外人田，看似責備二爺爺的話，聽在耳內卻十分難受，二爺爺晚年為糖尿病症所苦，骨頭退化極快，再不能常到田園排便的他其生理煎熬與挫敗感受，我無法想像。

許從小我腸胃不佳，遂能體會他的苦，我不便祕卻常腹瀉，因胃疾童年在臺北榮總住過好一陣子。

二爺爺排泄功能具體說明了與我一家到底水土不服。

我花了幾年時間思索二爺爺之於我的意義到底是什麼？我們不停調整位置，更換視角，在倫理位階與身分名謂上玩大風吹，捨去了傷害與怨懟，我們其實都在努力學習與陌生共存。

回顧提及二爺爺的青澀文章，問號句型如田地因日曬龜裂的水管，大量噴射出無數個為什麼為什麼。

二〇〇〇年過後，因數度風災導致曾文溪氾濫，沿岸水難頻仍，開始了白色堤防工程。

沿曾文溪二爺爺總共為徵收四塊田，賠償金額難以估量。

愛文園農舍拆除後，二爺爺再無法以天地當糞場，這也是一種廁所的故事了。

白色長堤沒有盡頭！

白色長堤已經建好了！

暝哪會這呢長

關於長期在床臥病的老人、關於臥病因而失去自理能力、歲時節奏的阿嬤而言，到底鎮日躺平的二十四小時，腦袋都在想什麼？

問題悶在內心三年，直至清明，一個白熱午後，我又來到她的床邊。

彼時她的精神狀況尚可，我們一問一答，最經典問句是、我聽講你老爸不工作了，你甘知伊退休金領多少？更多時候只靜靜坐著。我觀察無數其他來訪的家族隊伍，探訪活動如虛擬日常生活：帶開如野餐活動有之、全家合唱臺語歌有之、前後停留不到三十分鐘的卻最多數。

有天，就在我與阿嬤陷入長達五分鐘的沉默，終於忍不住問她。

阿嬤，我問妳喔，平常時頭殼攏塊想啥？

我手指自己腦袋，孫輩的白話文翻譯——平常妳都在想什麼。

好問題，連專業看護士、物理治療研究生也想聽答案，阿嬤遲了兩秒鐘說：

我就塊想，是安怎，天氣哪會這燒熱？

當我年幼，我便知道阿嬤怕熱，記憶中阿嬤永遠在擦汗、全身濕透，一天換掉無數上衣，她在灶前、廚房、金爐為火烘烤得滿臉紅通，她永遠喊我替她拉電扇直至最強一段。

有件事想到仍十分難受，那年我國三，每晚回家抱著收音機聽Touch廣播網、Kiss Radio，因晚睡所以能注意與我同住二樓的阿嬤。阿嬤房宮是我今生良心永遠的黑洞：進門即是床，不對，是壞掉的陷落的彈簧床，雙人大床一半拿來堆雜物，二爺爺未及拿走的衣物、獎狀，居住品質十分低劣，門邊舊式裁縫機上無數的藥罐藥袋，日光燈壞好幾年了，只剩牆壁長出一朵鬱金香燈罩，為晚年阿嬤給出衰弱光絲。

寫下的文章情緒也十分激烈，多怨怪自身無能改善，直至阿嬤再也爬不上二樓，她都在悶熱蒸溽環境中輾轉難眠。

夏天來時，每天阿嬤在客廳同我們分享說窗戶打開、涼風大量吹來如何爽快，後來又改說她坐到陽臺，涼風更涼，有時直接在陽臺趴睡到清晨四點才踱回房間。

當時聽不出話中無奈，還以為阿嬤喜歡看夜景。阿嬤從未奢想過裝臺冷氣，想過、概也不敢說出口吧。我知道姆婆、嬸婆都有。

我在陽臺陪她吹過幾次風，決定直升高中部後，心情分外輕鬆，拉張椅子，日日與阿嬤坐看臺南山區夜色如看露天螢幕，共吹夏夜晚風。我喜歡聽阿嬤講心事、講夢，阿嬤壞眠多夢，即使吹風身子不斷出汗，可以想見房內多熱；我也可以聞到她身上臭汗酸，其時附近朝天宮為建廟開壇，鑼鼓聲響中緩緩講起了親阿公的事、二爺爺的事……

七十多歲的阿嬤就趴在二樓後陽臺、紅欄杆、吹風睡過了一個夏季，少女樣態像等誰歸來，溽暑偏鄉山區，這是〈暝哪會這呢長〉的故事了……

天光大內

五點，我下線。同個時間大內一姊推門進來飆人：「已經五點，我攏睏醒，你擱還沒睏！你也是玩電腦玩到走火入魔啦！」沉睡的鄉下開始傳來溫柔的雞鳴，多麼美麗的清晨時光，我聽見大內一姊中氣十足的喝斥聲。大內一姊拿著扶椅走往上了霧氣的院埕，像走進仙界，到達大廳。我跟著她的腳步走進大廳：「今天有人要回來了。」

……

阿嬤出殯清晨，五點不到全家皆醒了，像日常作息，我躺在床上聽見父親經過了客廳靈堂，聽見他將鐵門拉開，我把睡身邊的大哥搖醒，兄弟在樓梯間遇見更換黑衣的母親。我因失眠，一夜手機上網，下樓急吞了顆普拿疼。今天是阿嬤大日子，我得有精神！

輕輕地踏下階梯，大家都醒了，還怕吵醒了誰——

怕吵醒睡在棺木內的阿嬤，阿嬤今天要移靈柳營火化。

今天我們要送阿嬤出門。

阿嬤，今天很多人都會回來。為她燃起第一炷香，我在心中說。

告別式會場前晚業已搭設完成，出家門，我走在清晨薄霧村路，一個人到住家同條路上的富林漢堡店，買從小吃到大的營養早餐，老闆娘見是我，瞇眼說、阿嬤今天要出去了，我笑著點頭。

薄霧中看見大內街道，在我眼前盡是陪我長大的麵店、市場、五金行、西藥行……這裡有一切故事的線頭，我完成小學教育、初次寫作即因在網路架設一座名為「天光大內」的部落格，它讓我以文字以圖像再次認識大內一草一木。「天光大內」實是我與阿嬤集體創作，彼時我日日採訪她，日日捧著史料文獻與她的親身經歷角力。

天漸漸光了，人都在霧間走動，天氣不錯呢，阿嬤有福氣。

我提著早餐走在回家的路，薄霧中望見阿嬤告別式場內巨幅的超大的遺像，這輩子頭次當主角，一步步我向她靠近。

距離一百五十公尺可以看到阿嬤遺像的下巴，阿嬤有雙下巴。

距離一百公尺可以看到鼻子、嘴、雙下巴，那是阿嬤七十歲左右的相片，她身穿棗紅色碎花上衣。

距離五十公尺便得以看到阿嬤完整的臉部，好巨大的阿嬤在對我微笑。

趕緊退後幾步，視線所及阿嬤只剩下鼻子。

又退後三四步，只剩下阿嬤的衣服。

像看見更多人回來了，空氣中飄浮花香與鬧熱的分子。

看見路邊無數轎車在找停車位。

工作人員出入，大家準備了。

我想起姑姑在阿嬤過世當日，聞訊自高雄奔喪而來，她十九歲就嫁了，今年滿六十，幾乎全身癱軟倒地，連依習俗匍匐進門力氣都沒有，叔叔父親都趕去路口將姑姑架起。

天光了。看我長大的阿姆阿嬸，一個個路邊住宅行出來，她們一句句傻氣的問候、簡單的提醒，讓我也無力走回家門。

是什麼提醒呢？
她們說，早。
她們說，富閔、阿嬤出門以後，有時間，你還是要常回來。

纍纍

——大西仔尾的故事

二十一世紀第一個十年，家中耕田重心轉移到了大西仔尾。這塊位置深山林內出路不便的山地，晉升成為當時少數運作的良田。我知道主因是蓋了一座小鴿舍，以及與小鴿舍相連的寮仔，內部還有沙發冰箱與矮桌，就像山中的新家。人的走踏變多了，而我已從國中升上高中，十四五歲的年紀，家人仍然沒在外鎮購厝，能力僅止在田中搭設農舍意思意思。

大西仔尾不好去也不好寫，伯公曾在前往大西仔尾舊路發生車禍兩次，我就幾乎不曾單獨前來，一定是坐在誰的機車後座，此行全程皆是危險路段，車程時間從老家出發大約十五分鐘。二十一世紀之後，我們到訪大西仔尾都改走新路了，說是新路也只有我家走，自己的去路自己挖，有時風災過後路就不見，還得搬來除草機開挖。新路的路寬夠將車輛開進來，偶爾轎車行經密林一般的山路來到大西仔尾，恍惚感覺像是來到夜間山區，因光線不足車子要開大燈，如坐在遊園車上的我趴在窗面就怕錯看了什麼。

這裡大概很適合發生魔神仔之類的傳說，老人容易迷走其中，確實幾次父親就曾提及，遇過落單路上的長者，看起來不像附近農作的人，父親沒說的是他擔心老人是來挑一棵好樹尋短，於是用盡各種聲響暗示，順道將他們牽引下山，這是另一個故事。實則每次來到大西仔尾，我都笑稱是在爬山，海拔確實漸次上升，大內沒有大山只有低矮丘陵，大西仔尾彷彿就像我的私房祕境，一座四周全為高壓鐵塔繞圈而成的臺地，時常讓人不知自己身處是高是低。大西仔尾不好去不好寫當然也不好發現。

那年異想天開全家開拔大西仔尾過中秋節，提議人應該是父親，他難得的好興致，然後我們孩子搧風點火用力鼓吹，最後計畫雖然只是尋常烤肉活動，卻是家中罕見如此具有向心力的時刻。這場夜烤從此讓我對大西仔尾產生印象留下好感，也是生命中一定不能忘記的幾場盛會，關鍵在於祖母一同參與了我們的戶外生活。祖母剛剛放手所有農務，名義說是退休，實情只是做不動了，本該四處遊山玩水的年紀，只能日日等在客廳，我當年太想把她帶出門了，於是眼前這場集體出遊大西仔尾的行程，在我自是興奮的新鮮的更是責任的。當然，有個背景故事必須放在心上，或者我們眼裡有數通通沒講出來：中秋來臨之前，二爺也剛搬離我家。面對佳節團圓這樣的氣氛這樣的儀式，多少年後父親一輩終於有了機會，親身實踐自己的想法。

二〇〇二年我就在大西仔尾度過新世紀第一場戶外中秋夜烤，神經質的我前幾天即瘋狂留意任立渝氣象預報，注意雲層厚度與降雨機率，拜託月亮露臉機率可以高一點。十五當日更像活動總召在騎樓發落，天空早已傳來煙火聲響，節慶氛圍很濃厚了，而我還在檢查烤肉用具齊全沒有。一家多口各自在找事忙碌，好像超怕被發現在旁晾著閒置，畢竟大家都是第一次呢。印象中我們不斷討論究竟要開幾臺車上山，如果機車騎去隨時還能下山採買，論理比較方便，談笑之間，我們也依序將物資搬上轎車後座：有人問說椅子夠嗎？報紙要帶嗎？有人問說要緊急照明燈嗎？我全都說要。要買沙士還是可樂呢？混亂之中沒有一個問題得到結論，引擎發動，我們就要出發了。當然，最為重要的工作勢必回到我的身上，因為祖母就要強勢回歸大西仔尾了。我慎重其事地從客廳牽著祖母登上父親臨停路邊的豐田轎車，不知為何感覺祖母好像準備要到大西仔尾去走紅地毯。對面人家阿婆跑來問說袂去叨位啊？天地之間不知誰又幫忙答：阮袂來要去山頂夯罵啦。

大西仔尾從父親年幼即是家中仰賴甚深的田地，除了出入不便，水源與土質都是好的。大西仔尾什麼都種作，祖母經手時期還有簡單兩行的鳳梨，當成安全島般隔絕左右的作物。我想起最初通向大西仔尾的舊路，路邊種的全是大面積的土鳳梨，機車後座的我老怕被刺到，於是都將雙腿抬得超高；我小學時期時常曾此摘龍眼看荔枝，現在大西仔尾是以種植柳丁芭樂為主，以及近年瘋植年資最淺的酪梨樹。倒是有一棵仙桃樹令我往返流連，大西仔尾的僅此一棵，它的名字又吉祥又福氣，據說是種來祭祀用的，看上去已頗有年代。次次我來大西仔尾，勢必來看仙桃樹一眼，它是神仙最愛的果子，敬果的熱門好物，隨手撥開地上落果就能看到肉質綿綿鬆鬆，其實我並不愛吃，可站在樹下忍不住你就肅穆起來，只差沒有雙手合掌，深深鞠躬一拜。

荒郊野外的鐵皮農舍，那晚日光燈下縈繞著許多飛行動物，烤肉區就架在寮仔的旁邊，父親叔叔負責生火，母親整理烤物擺盤，只有我與大哥四處游擊，祖母坐在從老家撤出的沙發，在她眼前一切都不一樣了，一切卻又那麼熟識，畢竟是純手工看顧過的老土地，田頭種什麼田尾種什麼，她的心中有座節拍器，細節都能清楚問起。偶爾她會發出聲音，說著不知今年雨水夠嗎，某欉果樹有否順利開花。大家現場忙著張羅，聽在心中沒有回答。前幾年我寫過一篇文章〈黃昏啊〉，描述祖母與我受困山中，起因車載我們到此的伯公習慣農事做到天色暗濛，結果當晚回家已是入夜七點，父親以為祖孫失蹤還從公司趕回，住家騎樓的日光燈難得打開，擠滿關切的親友鄰人。〈黃昏啊〉描述的田地正是中秋夜烤的大西仔尾。而如今故事從黃昏走到黑夜，這回我們要在曾文溪邊的一座丘陵平臺學習月圓人團圓，天色完全暗下，只有溪邊山腳不停止地傳來煙火花炸，成為了我們此刻中秋故事背景音樂。

突然我很好奇夜間果樹都在做些什麼？它們是不是暗暗說著，像是酪梨問龍眼，龍眼問柳丁，柳丁問仙桃，仙桃又問酪梨；它們交頭接耳細細簌簌像是在講：第一次看到這家人全員到齊呢。好久沒看到阿嬤，還走得動嗎。你們猜猜楊富閔到底敢不敢摸黑靠近我們啊。

月光花灑一般落在夜間的大西仔尾，灑在黑色的酪梨樹，黑色的龍眼樹，黑色的荔枝樹……於是我想起了有篇文章叫做〈在瓜田裡過夜〉，收在小學三年級的國語課本，我真正愛死那課文與那插畫，第一次感受到課本書寫的就是生活經驗的。小學三年級的幾篇課文都讓我難忘，可以說是我的本土想像啟蒙篇章：〈高速公路〉、〈海底世界〉、〈到娃娃谷去〉、〈到山上看風景〉。〈在瓜田過夜〉描述的田地雖與我身處的大西仔尾根本不同，卻都有一間得以住下的小農舍。時當九歲的我跟隨課文中的孩童一起分析田中能夠聽到的聲響，內心不斷對照真實生命經驗中的田地，我想的不外乎就是溪邊河床土地的下洲尾，以及溪邊山上的大西仔尾。課堂上或者作業中的我，完全沉浸在課文編織的田園生活，那時我是否已經埋下某個想望，但願有日我也能夠在田裡過夜呢？遠方玄天上帝廟正在進行摸彩晚會，麥克風聲響沿曾文溪谷向我們放送而來，可以察覺溪邊山城今晚多少遊子都有回來，而各種煙花在空中迅速排出隊形，給出數字，我就在溪邊山內最高處最隱密最空曠最安靜的地方，第一次抬頭認真研究起了月的明暗，笑著跟大家說下禮拜大家樂這次會出幾號。

二〇〇二年的中秋夜烤，世界正在失去界限，為了防止蚊叮蟲咬現場燃起鱷魚蚊香。我們好像開了兩個爐火，一個烤基本款的烤物，一個拿來夯魚仔，負責顧火烤肉的是母親與叔叔，父親爬上鴿舍不知在忙什麼，鴿舍也是有裝日光燈的，他的影子落在我們的烤物之間搖搖晃晃。祖母也跟了我們吃土司夾蛋，那時流行自製一個錫箔紙小盒，裡頭放一堆菇與菜，點綴兩三顆蛤蠣，烤肉也是需要擺盤，待煮熟小心翼翼端至她的面前覺得超有成就感。這裡的電視只有老三臺，並且收訊不佳，一定沒有忘記的是手提音響也帶上山了。時間是〇二年左右，音樂流行的是能夠自彈自唱的創作型才子才女。記不得當日我們夜烤談論的話題，也許什麼都沒深聊進去，我在體會的其實是一種氣氛，一種不怕危險摸黑走山路也要大團圓的浪漫天真；或者團圓於我們而言需要演習太過私密，但不管如何當下此刻我們是團結在了一起，如同纍纍的奶姬纍纍的靈應纍纍的酪梨纍纍的仙桃樹。

許是害怕驚動了練飛中的賽鴿，加上田中引火太過危險，那晚我並沒買來任何一種煙火，或者我就不習慣抬頭看煙火一如抬頭看月亮，早已不是兒時在三合院被水鴛鴦嚇哭，被蝴蝶炮追著跑，蹲在地上看蛇炮笑說是大便的年紀。慶幸的是曾文溪中游一帶徹夜持續施放沖天炮，像在慶賀我們一家今晚難得的聚合。我就突然想起不知二爺此刻他在做什麼，過去十數年來，中秋我們都是固定在客廳吃火鍋，年邁的他剛回老家，他一切還好嗎？答案恐怕祖母都不知道。後來我們吃起山下帶上的文旦白柚，以及中午剛剛祭祖過的月餅禮盒，平生我就最愛方方正正中秋月餅，通常都是父親公司送的賀禮，或者保險業務員的公關伴手。從小幻想能有家族出遊的機會，沒想到真切在我眼前上演，這才發現自己得以做的實在有限，最後就是放心地沉浸在月暈之中，仔仔細細地把彼此看得更清晰。是夜，我們在大西仔尾待到了將近十點，隨後又有父親高職同學前來會合，他們的車頭燈照不懷好意從暗處打向寮仔打向鴿舍，我在曠野之中玩弄雙手，一隻大鳥影子打在鴿舍的木造斜牆。

當晚我有沒有趁著烤肉間隙，起興夜遊大西仔尾呢？劇情似乎應該這樣走但是我沒有，或者我有只是忘記了。此刻我想像自己手持緊急照明白燈，獨自往暗處走去，想像家人笑聲離我越來越遠，而我離任何一棵果樹都近。我可以清楚聽見果子們正在熱切交談，當我行走在低矮的珍珠芭樂樹，同時仰仗較為高大的荔枝龍眼作為方向註記，最後目的還是為了走到獨一無二的仙桃樹前。

暗夜之中我有什麼話想對仙桃樹說呢？或者仙桃有什麼話想要告訴我，說恭喜你們這口灶終於相聚。未來它將去到某位神祇的供桌，我們將在某廟某殿不期而遇。我心中的訴願仙桃樹比我更懂來龍去脈，一切早就看在眼裡，只因它在大西仔尾已經生養超過半個世紀，它看著父親也看著我從小長到大。

夜裡的仙桃都是黑色的，我不確定是否真正看到它，但它可以看到我吧？所以仙桃樹是年屆中年的二爺種下的嗎？有個答案漸漸浮現，而我希望暫時當成祕密。

仙桃樹邊的儲水池塘開始騷動，我看不到池子更看不到池中蝌蚪，一場長五分鐘的煙火秀正在我的身後上演，轉身發現自己早已深陷夜色。這世界所有的團圓故事都是臨時的。遠方家人正在急切喊我的名字；同時傳來車子引擎轟隆運轉，像是有人正要下山，更像有人剛剛抵達。

於是我就抱著緊急照明燈搖搖晃晃逆著原路拔腿奔去，前方去路放出大片光明。留下身後一整夜錯愕的樹影。留下一樹纍纍的奶姬纍纍的靈應纍纍的酪梨纍纍的仙桃樹。

我的媽媽欠栽培

老鼠史

四十九年次的母親屬鼠，她的人生是一部老鼠史。

正值更年期的她焦慮對我傾訴三樓天篷家鼠蹦蹦跳不停，神明廳到曬衣陽臺瀰漫老鼠屎味卻遲遲不見鼠影，我勸她下放二樓我的房宮以求好眠，她話鋒一轉怨嘆起三十年前初嫁時新娘房即漏水、嫁妝枕被兩天內被老鼠啃精光，髒亂灶腳住著一名她口中的老鼠亂源——衛生不好的阿嬤——母親隨即說：「住到哪裡，老鼠仔跟到哪裡，真正氣死。」

我聽了心中老鼠吱吱笑，不懷好意地發誓要為她寫一篇老鼠史。

也是，母親趕上五六〇年代巷尾街頭大興的全民滅鼠運動，其時各地鄉公所都在巡迴講座，村里長提供「吃免驚」老鼠藥劑。我在翻看早年的《聯合報》、《中華日報》時，副刊主題徵文競則叫「我與老鼠」，大驚原來滅鼠也有文學獎。

滅鼠風吹進了校園，隆田國小舉行師生防疫週，母親但聞滅鼠能換錢，二話不說捲起袖口，還吆喝大姨大小舅來組團隊。

臺南官田小女孩的打工初體驗，讓她功課不寫，開始厝前屋後忙著「下老鼠」。水溝菜櫥灶腳尾，布下無數鼠夾與鼠籠，美勞很好的母親乾脆自己挖洞做陷阱。每天早起聽吱吱鼠叫如錢在叫，可不是，母親抓的都是排泄最惡臭的「錢鼠」。錢鼠一尾尾託外公利刃剪斷老鼠尾，就這樣一把粽子棉線捆住的老鼠尾放書包，連跑帶笑到訓導處衛生組領取防疫獎金，小小年紀就發了筆老鼠財。

「所以這是報應。」母親說。我們住的老屋屋齡已逾五十，從前設計不良的管線通路如今都成了老鼠快速道路。窮散夫家意外讓母親有機會大展幼年時的滅鼠身手，母親聽聲辨位，循老鼠糞便路線布下老鼠黏、毒飼料和無數只勾掛半條臭酸香腸的鏞鼠籠——熱點都在排水孔、門縫樓梯口，最夯處阿嬤眠床邊，幾次我回家爬上阿嬤床鋪看她老人家，都差點誤觸滅鼠機關，天啊，這房屋太危險了！

「所以我買一棟新的給妳，會不會比較快？」

想著母親父親將退休，近日一個病入筋骨疼痛、一個病入躁鬱失眠，是時候換個居住環境，我話卻哽在喉頭不敢說出。

我膽小如鼠，我才是最大顆的老鼠屎，像聽見母親還補一刀說：「你有錢你去買啊！」

賣麵家

被我抓到了。

母親又被我抓到偷偷去打工。她是一回在大內臨時市場翻挑蔬果「款拜拜」時，因為俐落手腳，以及和頭家阿莎力、盈盈笑臉的交易過程，被隔壁豆菜麵老闆相中，隨即力邀她至麵攤來湊腳手。那豆菜麵攤可是臨時市場內最具全國知名度的攤位，同臺灣各地特色小吃皆有電視採訪，披掛明星店家留影、新聞剪報，大內豆菜麵也不例外。

豆菜麵，我們習慣喊它大麵，習慣一手透明塑膠袋抓把十元麵量當早餐，再淋特製蒜頭醬油，年仔節日不到正午鐵定賣到斷麵，像清明我們都喜歡潤餅內搭大麵，時常天未亮攤位即忙壞了頭，長期不足人手。

母親後中年被重量級攤位挖角，人子的我尚未察覺這對歐巴桑而言是多巨大的肯定，聽聞消息只管笑她愛錢，假日也不願收手地撈起來賺。

沒日夜加班，放客廳浴室髒亂不堪，母親曾是一路模範生讀上來的我口中挑剔、找碴的長媳婦。

超時工作，兩手腕又經年貼膏藥，她哪懂放鬆，近年我鼓勵她跟人群接觸，培養娛樂生活，誰料到初登場會是在需要大量與人互動的市仔。母親一時曝光度暴增，她說她要紅了。

可我印象中的母親對錢極不敏感、極散漫，天天找錢包、手機、鑰匙。

磅秤指針搖搖晃晃，遠視如果算錯斤兩、記錯錢怎麼辦？

莫非在家被使喚慣，才默默養出做生意的好脾性，母親沒有脾性。

所以母親是欠栽培的女人。職業婦女，日日準時上市場，五點半始她張羅一家七口早頓，飛梭魚肉乾糧雜貨攤，七點後洗衫曬衣送我坐校車，趕八點打卡。母親最後在她頻繁出沒的地段被發掘，也是理所當然。

我卻不敢想像母親麵攤找零，大筷夾麵秤斤、澆灑辣醬的畫面。市場太複雜了，滿坑谷早起餓肚、而平時就熟識的婆婆媽媽眼中，母親對外該如何解釋她的行徑？莫非家庭財務出了狀況？我們楊家開基至今還未出過生意仔呢！從前纏母親上市場，誰想過會在最愛的豆菜麵攤遇見了她。我是遇見了她，那已不知是母親第幾回抓緊休假到麵攤打工，回返臺南的我難得早起同她說將去探班，可當我走向再熟悉不過的市仔口，喧囂聲底，老遠見母親麵攤內外小熊圍裙忙得昏頭轉向，一時食慾全無，掉頭走人。

「就是去幫忙，加減賺，娛樂生活啊。」母親像犯錯。

我以為我無法接受的是累壞身體的母親，實則母親拋頭露面，她有自理生活的能力，看她笑得燦爛、老練口吻與人客交手，我吃醋至極。

吃醋的又何止是我。記得媽祖誕辰前，已無薪假期半月餘的母親灶腳料理午餐，客廳電話急急響起。父親起身接過電話，攤在沙發看電視的我順手拿起遙控器調降電視音量。

那陣子在考慮退休的父親說：「找誰？你好、你好。」

灶腳母親為我們父子煎蘿蔔糕，可能冰箱翻找著蒜頭，調製特製蒜頭醬油，油煙味飄到前頭。

父親眉鎖，曲曲折折說：「可能沒法度喔，她這陣子手骨不太爽快，骨科看好一陣子了。」

我很快意識到是麵攤來電，母親賺錢機會又來了。

似乎陷入長長死寂，正午日頭公曬柏油馬路，有起鍋逼剝聲響。

父親懊惱神情，慢慢地，他靦腆地說：「不過，阮某今仔日沒置厝。」

也是小熊圍裙造型，母親拿碗筷到客廳，像婢女。

我把電視音量轉大，伸懶腰。這一次，是父親決定把母親留在家裡。

蜈蚣陣

三冬一科臺南麻豆代天府遶境，多年來母親與我習慣前晚先駐紮官田外婆家，隔日再與大內出發的父親重逢中山路保安宮等看王爺出巡。父親是混宮廟長大的囝仔，他特愛馬匹上黑顏池府王爺乩，對於觀察各地宮廟出多少頂轎子來會香，再從中闡釋出一套神與神、地方與地方的盤撋故事最是專精。

父親滿口廟會經，他內行看門道，我與母親只懂怕鞭炮，摀耳躲到保安宮邊小巷，吳小兒科騎樓，要不乾脆溜去逛麻豆市仔、三商百貨。

那年頭麻豆水崛頭仍是等待開挖的舊港址，樹邊堆滿傳說用來「敗地理」的石輪，真理與致遠與麥當勞正陸續進駐，三皇三家一杯浮冰綠茶和舒適的二樓臨窗座位，才是我們母子倆的最佳去處。

只有蜈蚣陣才能引起我們母子倆興趣，飲料擱著，下樓小跑步去鑽蜈蚣腳。

長達一里的蜈蚣陣緩行中山路，蜈蚣走過的地方說能驅厄、避邪與鎮煞。

蜈蚣陣迷人處在於蜈蚣坐駕盡是一群七歲、八歲或更幼齒的仙童。他們扮演中國說部人物，唐太宗，魏徵，還是程咬金。他們身穿寬鬆戲衣，一人一謝籃，沿路分送喜糖吉餅，怕熱有安裝碎花小陽傘避日頭，父母親都蜈蚣腳邊跟著走，想尿尿便趕緊孩抱去民宅借廁所，也有那遶境睡整路，歪躺神椅口水直直流，殺盡無數快門，太可愛了！如果當神很無聊，從前我還目睹過仙童埋頭玩 Game Boy，現在大概就是 iPad、智慧型手機了。

念黎明時，幾個來自佳里鎮、學甲鎮的同學，五六歲都曾榮登蜈蚣藝陣：佳里金唐殿百零八人搭成的世界第一蜈蚣、學甲上白礁人力蜈蚣車，皆有過他們喬裝大人的身影。

聽說報名蜈蚣陣的囝仔好育飼，有表演有保庇。

聽說蜈蚣尾扮唐太宗的仙童，得通過神明欽選，更有蜈蚣陣不給肖雞參與的傳聞。

鑽蜈蚣腳能分添祥氣，我們母子從蜈蚣頭鑽到蜈蚣尾，氣喘噓噓。

因為是母親緊牽我的手，滿身大汗陪我完成的祈福儀式，蜈蚣陣遂成了我最心愛的民俗陣頭。

今年我想拉母親的手去鑽蜈蚣腳，更年期的母親如果喊累，就挑幾個重要的仙童打繞，或乾脆等在最熟悉的保安宮就好。

我想像鑼鼓、鞭炮聲轟炸中山大路。

我們煙霧裡將蹲低身子，穿前跑後，看上去也像一對逃難的母子。

欠栽培

「媽媽，今天有沒有八卦？」

不知何時開始固定打電話給她，這是我們開場的第一句話，日常的瑣碎的無聊事，通常講幾分鐘就掛掉，如果發現當天話題有發展潛力，她就會說：「你等一下，我打給你，比較便宜。」不外乎婚喪喜慶紅白包、阿嬤的近況、妹妹又長高多少，有時她會分享一下讀我文章的簡單看法。我報紙的專欄是星期四，透清早她即衝到「賣報紙仔」買一份回家，戴上老花眼鏡配豆漿饅頭啃讀起來，然後幫我細細剪報成冊。我對她示愛的文章她會自己買單，但寫到阿嬤衛生習慣不好啊、大舅出事等，她就會意思一下提醒我。她其實讀不太懂什麼桌遊故鄉，二爺爺、亭仔腳啦，倒是跟我說：「寫文章也是會累，回家我燉補給你顧一下頭殼。」話中充滿了母親的理解與寬容，她在乎我的身心狀況勝過一切，才不管我做不做猛男、優秀青年哩！

這幾年發生很多事，阿嬤走後，不得不承認母親終於可以歇喘。我想帶母親出去玩，她人生沒出過臺灣島，五十頭歲的她生活空乏。有天不經意聽到她說日子過得無聊，我心底非常罪惡。最近注意到她言談漏字、對人容易失去耐心，我想像與她更年有關，也與封閉在死氣沉沉庄腳所在有關。我多想同她分享多少姑姑阿姨精心安排中年生活，她們讓四五十歲的自己保持青春美麗，對生活充滿想像力，然我已不在臺南，大哥父親是木訥古意的人，表現關心的方式是大小聲傷害，越愛越傷害。同時我也才注意到身邊多的是為賺錢、家庭，歸年透冬除接送孩子上下補習班外便離不開鄉下、特喜愛穿兒女學生時代運動服當家居服、且國中或高職畢業後，就沒再認識過半位新朋友的歐巴桑們，這就是母親中年晚年的生活？我得想辦法，讓母親接下來三四十年過得人人稱羨，都讚「好命」才行。

為阿嬤守喪期間，男性長輩銷聲匿跡，我再度見識到母親一流的交際手腕、統合內外務的能力：瑣碎至牲禮的擺盤、庫錢的金額、樂隊的人數；龐大至金錢出入、複雜人際交陪，母親一出手完全沒問題。母親欠栽培，記得我小學時代的美勞作業都是她完成的，她還為我的水墨畫題字，才知除了會抓老鼠，國中時期也是班上書法才女，她的字畫連導師都珍藏哩！我沒有遺傳到她寫字天分，倒是我們都擅長注意別人的小動作：什麼姑婆偷放兩千元在阿嬤枕頭下、回家才致電通知阿嬤；家住高雄的親戚某某頭戴假髮，懷疑在化療等等，這些小動作眉眉角角對寫作大概很有幫助。

母親嫁至百人大家族，她練就一身察言觀色的特異功能，語言天分尤其懾人，不時會有類似現代詩奇想。比如有年家中浴室燈管壞了，空間一熄著一亮著，母親就說「這親像一臺歹去的大電視」；她到臺北，看見三十層樓高的公寓大樓不點鄉下常見的白色日光燈，一格格都亮著光線柔和鵝黃燈色，她竟然說：「你們臺北人都喜歡在家點光明燈喔！」我覺得效果又精準又驚人；母親也曾站在家門的騎樓，手指歸排樓仔厝對我說：「這裡每戶故事都不一樣，每戶裡面每個人的故事也不一樣。」包括聊八卦、小動作在內，處處都是她賜予我關於文學的隱喻，靈感的源頭。

所以我們都有一個做什麼事都行的老母；都有一個欠栽培的媽媽，她們為家庭犧牲，放棄理想，將自己與一只莫名神主牌綑綁，用盡二十年時間相夫教子，然後……然後不要再寫再想了。我寫了這麼多文章，最大體認即是我要做的比寫的多，用行動證明一切。

最近因為書名的緣故，又特地致電臺南徵詢母親的同意。

「不是號作《為阿嬤做傻事》，真好啊，你爸爸也真甲意，你阿嬤一定足感心——有靈有赦，你看、你一邊寫為阿嬤做傻事，一邊為阿嬤辦後事，攏註定好好啦。」母親總是妙語如珠。

「擱有一本啦。」

「蝦米，你欲出兩本?!是當時寫好也？」

「我嘛無知影，慢慢啊寫，日也寫、暝也寫，就寫兩本啊——」

「書名號做啥？」

「叫做、叫做……《我的媽媽欠栽培》，不知道妳同意沒，卡使不同意，我會立刻換掉。」越講速度越快。

接著不等母親回答，我搶先一步臉紅起來。從六月阿嬤離世、不對，應該是四年前到臺北讀書、也不對，該是早在我上幼稚園頭一天，從早哭到晚，為此讓母親不得不放棄工作親自在家帶我。小學我又每天裝病，學校通知她來接我，怪哉看到母親肚子就不痛了，至今我還記得她淡淡說了句：「媽媽全勤獎金沒了。」或是六年的私校通勤生涯，當我的鬧鐘，冬天跟我一起五點半暗濛濛起床……

日子變化快速，情緒沒有出路，該找時間痛哭，想到母親開始加夜班，覺得自己無用，阿嬤不在了，失序的生活需要重整，心頭亂成一坨鐵絲球，突然我哽咽起來。

母親跟著手忙腳亂：「有什麼好哭，出書好代誌啊！」

母親放低聲量地問：「出兩本錢有卡濟？」

我點頭說有。

「很好啊！」分貝突然加大。母親說：「阿弟，書名我很喜歡，做你去出！因為媽媽本來就是欠栽培啊！」

機車母親

我想，妳還是留在家好了。

母親五十歲終於考取摩托車駕照那天，我走在黃昏車陣東海別墅同她通話道賀，聽她說眼都快瞎了，還邊顧車檯邊寫練習題，紅藍白色系路標與交警擺手示左示右圖如何折磨她：「歸庄頭，大概我分數上高吧。」我慶幸母親無照駕駛小鄉村長達三十年的紀錄可以了結，但想到來日她活動路線將出庄腳四界趴趴走，我還是開心不太起來，再說她前些年出了次車禍，理由是她車速給放太慢，綠燈過到路中央紅燈就亮了。聽到她駕照到手，我心底還是怕怕的。

母親是透過村內廣播器通報，就立馬決定要同鄉內許多外籍新娘集體報名駕照班。鄉公所且讓新臺灣媳婦以後接送小孩補習上課都能「有牌」，還提供了免費補習，夜夜七點圖書館盛請監理所講師密集授課一個月，在那坐滿母親她們媳婦圈術語稱「比較後來」的各國媳婦的大禮堂，後中年的母親儼然有班長架式，領導桌椅發落，還能協助語言隔閡、閱讀能力不佳的年輕媽媽解題。母親說：「考完在市場遇到，攏大聲喊我學姊，喊甲我足歹勢。」母親全勤獎，非法上路三十年已讓我們兄弟訕笑許久，她這回真是鐵了心要弄到手，即算我們兄弟還是頻頻虧她說：「媽，妳們這個有放水啦。」她氣憤道：「我筆試九十五，路考一次就過，你們兄弟都還有壓線。」圈地作路考考場，就選在老人康樂中心前水泥地，母親清楚路考大家都怕，她搶頭香應試，全程無壓線，平衡感一百分，秒數內漂亮抵達後，待考區的姊妹們，都不斷為她歡呼、拍噗仔。

她焦急拿駕照，一心出遠門，不想十字路口倉皇張望：「有警察仔沒？」多少是那些年行動不便的外婆單人住西庄，家離惠安宮早市仔還一段路，老拖鄰居買什，也讓女兒們難做人。從大內出發到西庄車程惟需二十分鐘，無駕照的母親卻無膽騎出夫家門，惟能早晚電話確認外婆食穿起居，反覆提醒──「落雨天毋通去院仔。」、「手橐仔代工趕煞沒？」、「彼摳人甘有寫批轉來討錢？」念國小的我當然知道，若能日日返西庄看外婆，母親鐵定會安心許多。「攏無行腳到，人不能太現實。」母親怨嘆父親經年淡看兩隻落拓舅舅敗光家顏，再怨他時間花在經營無謂友朋球聚，不願維繫親戚網絡，指望他送我們母子一程，總得先換給枚白眼。我怨懟父親對娘家疏離，縱曉他有自己的女婿心事，也無法靜心看待。

我漸漸同母親站成一國，像多數家裡生兩個孩子的，總有一個跟父親膩，一個與母親偎地緊。是孩子懼怕父母離異、一種斷尾求生？我很小就把自己繫屬於母親，在無數次婚姻拉警報時懂得看臉色，以防父母突然乖離，也有適時選邊站的能力。

從前假日父親固定率領他的球隊打遍臺南縣市壘球俱樂部，什麼文雅、塔塔加、市長鎮長盃。沒暝沒日加班的母親哪懂陪孩子，我常被扔在無人透天厝七八臺電視輪流看到日頭落山。有時我會假想母親提早下班，在她到家的四點五分、五點五分、六點二十五分，我便等在亭仔跤，一聽機車引擎聲傳來，趕緊藏匿梁柱後，再跑出來嚇她；而就算挨到母親放假，人生到底走不出大內的她，也只能騎車載我沿鄉境產業道路，繞曾文溪堤防、看土檨仔樹有乎人偷挽否。她最常說：「要不要去兜風？」兜風？用時速二十踅故鄉一圈，十分鐘就重抵家門口，非常窩囊。

我們母子倆多渴望出趟遠門啊，一个下晡也好。

也不真是那麼嫻淑乖巧，就壞在幾次母親騎出大內的經驗都不好。先在善化市場停紅線被拖吊，還遇到剪綹仔，掉了好幾千元，母親神色慌恐告誡：「毋通說媽媽錢袋仔拍無去啊！會被爸爸罵。」一要不紅燈右轉驚覺違法，瞬間三百六十度大轉彎，被來車喇叭催逼；要不騎到半路，被路邊黑狗兄連鎖檳榔攤紅系旋轉號誌燈驚得當場掉頭。更多閒暇時陣，我們花一整個上午掙扎，要出去嘛？會不會又搪著交通仔？無照駕駛罰多少錢？母子倆面面相覷，母親犯罪需要兒子鼓勵：「富閔，外公燜了茄茎蒜頭雞，陪媽媽作伙轉去吃？」哀兵口吻：「跟媽媽作伴好否？媽媽不敢一個人騎。」母親想違規轉娘家，我點頭搖頭都無法，她索性自暴自棄：「誰叫咱頇顢、無膽，在厝看電視吧。」母親說「咱」——我們。

記得有年母親與下班醉歸的父親在冤家，我和老哥於三樓客廳玩任天堂瑪莉兄弟，樓下爭執聲眼看要蓋過遊戲音效，不斷拖垮我與老哥戰情、干擾我們的視聽。我隱約聽見母親憤說

母親日常動線：家庭、織廠、田地、廚房、後院、娘家。我要趕快努力，好迎她入住、享福在我一手打造的新厝！

她要離家的氣話，但聞樓下機車引擎發動後，我手桿一扔小快步到三樓陽臺目送母親歐風黑系五十ＣＣ疾行騎去，可經驗告訴我——母親很快會折回，且會靦腆地說：「北勢洲橋頭，有警察仔佇咧閘。」警察如此勤勞？剛好都被妳碰到？且說，出了大內，老早跟高職同學斷了音訊二十年，沒朋友，只存一海票不生熟親戚、轉娘家又增添老人家操煩，母親，又能去哪呢？

有的，有那麼一次母親是真豁出去。一九九四年前後，她從紡織工廠、同為西庄女兒的C阿姨口中得知，當時飾演中視六點半劇場《火中蓮》的人氣小生王識賢要到隆田國小會影迷，現場還有園遊會、農產品市集。明星乍訪臺南小鄉村，母親全身熱起來。其時，王識賢已唱紅〈雙人枕頭〉、〈雪中紅〉，戲劇版圖正在拓展，在《火中蓮》飾演拯救淪落妓戶苦海的小雛妓楊貴媚，一時成為姑嫂嬸姨們追逐的話題人物。那天母親載著我，口罩安全帽，包得像要去陳情。跟在C阿姨的車後頭，迴避所有交警系統，從省道切官田渡子頭、再切瓦窯庄，路線很精，最後雄雄自隆田火車站附近軍營竄出來，不遠處即是花圈花籃臺南縣官田鄉隆田國民小學。

我對園遊會與王識賢沒興趣，母親為了安撫我，先在校門口流動攤販挑了枝斜插稻草桿上的番茄糖葫蘆，還弄巧口吻，問我要不要氣球、玩一局保齡球連線彈珠檯？然C阿姨不斷呼喊要卡位，我們三人遂奔跑在那兩邊跑道盡是紅白帳棚的小學操場。母親緊牽著我死命往司令臺前茫茫人海鑽，C阿姨且瞇著笑眼說、王識賢要出來了。我在無數肉腿間，貪咬那黏牙古早味糖食，連舞臺在哪裡都看不清楚。此時，〈雪中紅〉的前奏，業已隨著前臺尖叫進落來了。我記不得真親睹了一線小生王識賢？卻被母親與C阿姨兩人手拉手嘆喊：「真的好緣頭喔」、「我心都怦怦跳」的表情給嚇歪了。那樣的母親讓我感覺陌生異常，我似乎以為她背叛了我們一家：我、老哥與父親。用現代話說，是精神外遇了嗎？我發抖幻想媽媽要愛上別人了？天啊，以後王識賢說不定就能開車送她回娘家了，尤其當母親與C阿姨扯長脖子，作陶醉貌，不停發出少婦讚賞：人緣投、唱歌擱好聽、又會演戲，佐以搖擺雙手作波浪狀，我想我生氣了，扯著母親衣襬說：「我、要、回、家。」

唉，我想，妳是不是留在家，別亂跑，比較好呢？

新手上路，母親現在天天說出門就出門，免瞧他人眼色，自己橫衝直撞，很野，可我心底依舊怕怕的，像那天她電話裡說：「我每天下午攏去山上鄉一間很有名的齒科抹牙齒，昨天咬模子，下禮拜要作齒了。」我說：「那裡是工業區很多卡車，為什麼不叫阿爸、哥哥載？」或是：「我現在最遠可以騎到麻豆新樓醫院。」我心想著，麻豆阿蘭碗粿路口如百慕達三角洲，妳也敢騎？外加近日阿嬤妯娌輪流吃，又有外傭看護，少了婆婆作路障，一逮到時間，車發動就轉娘家去。前車籃先給市場買的薏仁湯、浴拖汗衫、菜燕與封肉擠到變形，後車廂再塞爆一週量的野蔬，兩邊把手懸掛全雞全鴨，與拜拜用金銀紙和四菓後，車身竟還能保持平衡。全無心於我說已超載、很危險、會被抓的碎碎念不停。五十二歲的西庄女兒，對娘家萌生一種費解的補償心情。她安全帽放腳踏板，逆著當年出嫁路線，流露我未曾見過的自信神色，像笑著對這個一九八七年生留大內楊家的兒子Say Goodbye，一次又一次，再見。我想，我該練習與她拉遠距離，她畢竟有說走就走的權利。於是，也只能嘗試學著、把母親還乎娘家，把自己留給——以後的臺南。

我在臺南做囝仔

1.呼拉圈

我的身體到底行不行？

大概是不行的，因有記憶以來我就持續病著：出生腸子打結、體重太輕、就學期間無數次感冒缺課，以及多年來近乎慣習的偏頭痛症狀，我羸弱一如小丸子的朋友山根，而胃疾是我們共同的敵人。

記得幼稚園畢業典禮，我的胃又開始絞痛，然後是不止息地打嗝與呼吸困難，那天全校上下都忙壞，一片混亂之中，痛到蹲坐在地的我被榮美老師狠狠抱起，坐上校工劉伯伯的機車，風風火火駛向我的原生家庭，沒領證書就提前離開會場。

說不定還可以，我是說身體。每次跟同學聊到體育課，總不忘多補一句：我成績不錯，跑很快、常代表全班示範跳箱與翻滾……根本心態作祟，不想不願承認自己體弱。

我小學時期的體育課：發排球永遠無法過網、鉛球擲在腳邊、跳遠跌個狗吃屎，跳繩被自己絆倒，踢毽子被毽子K到頭。

父親紡織公司每年提供額數有限的子女獎學金，競爭尤其激烈，通常只有成績單全優的同學能獲此殊榮，有幾年因體育只獲得甲高分落榜，那一枚甲很像我的病歷表或驗傷單，證明了我的體力體位體適能真正不如人。

但我該如何向你述說，其實我擁有強健的體魄？祭祀時搬供品我可以樓上樓下十數趟從不怕累，就像摩天大樓的百米競賽；或者頭頂毒陽在曾文溪邊的田手工包近千粒的芭樂子；扛著五公尺長的綠竹，從花窯頂走到大溝也是十幾趟，那路線尤其刁鑽，還得偷偷摸摸踩過別家的田，距離起碼五百公尺！然他們還是持續議論著我的身體，沒病也被講出一身病。

唯一讓我在體育課出盡鋒頭的是呼拉圈。小學三年級的運動會，競賽之一是呼拉圈接力，本在體育課表現出色的男同學，好奇怪竟連一圈都搖不出來，我一次能套兩個呼拉圈，還跑特別快。

我的呼拉圈購於善化尚上書局，是粉紅白底可拆式的呼拉圈，搖起來就像一圈粉紅光絲繞在我的腰邊。因運動會，那陣子鄉間到處可見到拎著呼拉圈行走的學童：有時將它當成迴力圈在柏油路去回打轉；也有把呼拉圈當跳火圈在路上跨越著，沿著大內國小、舊菜市場、朝天宮，每天放課就像一場踩街大遊行，全村都在特技表演。

那是我上過最快樂的體育課，常被點名示範，在大榕樹下像臺灣獼猴為大家賣屁股作秀，因著喜歡加上成就感，我投入無比狂大的熱情在呼拉圈：客廳、房間、騎樓，總之能騰出一私有空間，我就能原地不停左右搖晃；或者到三合院沿著戶埕繞個十幾圈，速度之快家禽家畜都不敢靠近。

我常在客廳搖得不亦樂乎，努力挑戰極限：兩百圈、兩百五十圈；我常請阿嬤幫我數圈，兩百五十、三百圈，搖到我阿嬤說她頭殼暈，這才發覺自己妨礙到了別人。

不當練習帶來運動傷害，呼拉圈讓本來瘦弱的我更單薄了。

我永遠記得一九九六年運動會當天，隔壁班初次看到我的粉色呼拉圈，指指點點。許多同學真的搖不起來，家長紛紛求援，裁判與導師決定更改遊戲規則，說除了邊搖邊跑，也得以邊跨邊跳，也就是使用跳火圈的方式。一時大家拍手叫好，我也跟著歡呼，心情無比挫苦，不敢喊不公平，只想把呼拉圈拆掉。

那場競賽只剩幾個人邊跑邊搖，大家都在跳火圈，只有我在火圈裡面。

2. 變速腳踏車

我的變速腳踏車購於善化慶安宮一帶，一九九八年，寶藍色車身拷上迷彩漆路，騎在兩邊盡是豬舍雞寮柳丁園的鄉間小路尤其搶眼，菜籃啊鈴鐺絕對不能裝。我大概太興奮了，那天晚上，每一口氣都吸得特別出力，在入夜視線不清的中山路靠邊試騎，因座墊太高，愛面子的我不敢告知雙腳勾不到地，結果只好傻傻向前，越騎越遠。

不知最後怎麼下車，卻記著領車在星期二晚上，因車型過大，放在父親豐田汽車的後座還用麻繩牢牢捆住，車身一半露在外頭。當天父親母親決意順路去夜市吃宵夜，偏狹的我深怕腳踏車會被附近工業區的泰勞牽走，父親懂我，就放我一人在路邊燈下顧新車。

那為自己顧車的小鎮之夜，顯得甜美而哀傷，我一手摸輪胎，眼睛四處張望。我終於不用騎外公從補習班撿回的越野腳踏車，其時班上幾個優秀男同學都改騎變速的了！

外公也有一臺腳踏車，黑色淑女車，當然也是撿回來的，車身因日曬嚴重落漆，車卻特別好騎。每週日晚上外公從西庄騎到隆田，為省下十幾塊寄車費，說他都用鐵鍊將車子綁死於一棵菩提樹，然後匆匆搭乘九點多的莒光號南下高雄。

為了尋找外公的故事，我前後不知幾次來過高雄。外公五十歲二度進入職場，他恰恰趕上臺灣補教業的黃金年代，那時重考生還分住宿生與非住宿生，也提供伙食等各種服務。外公前後任職過廚房、舍監，最後因景氣不佳看守一座寥落的停車場，也就是顧車員，最後以七十高齡退休，那年大學錄取率已破百，重考班生意大不如前，我念了臺大，完成他多年來的心願。

外公一生見證多少考生金榜題名、名落孫山，他一定想起多年以前，小舅因考上私立大學而決心到高雄重考，成為外公看守的一員。誰知外公得以照料上千名重考生，卻管不住兒子蠢蠢欲動的心，小舅不僅落榜還誤交損友，最後在高雄生出一身病。

為什麼五十幾歲還想重入職場？外公大概身與心都苦著，在西庄老家也很少看他在屋內停留，忙著在外邊院子搭廚房、砌灶，還用候選人看板隔出兩間雅房，他越住越外面，最後乾脆搬到高雄。

我想到一個週六晚上，我們固定來逛隆田夜市，那時夜市地點非現今游泳池一帶，而是火車站附近，我們來逛夜市只為巧遇外公，母親與我常在圓環銅像花圃墊腳探頭，我們始終沒有抓準時間。母親心神不寧常說：我剛剛看到一個跟你阿公很像的人。其實我也有看到，卻不敢講出口，顧忌外公說不定也在躲我們？或者根本我是羞於喊他呢？

曾經有一老翁的腳踏車左右手把垂掛四五大包，菜籃一層疊過一層，遠看已輕微變形，後座尼龍繩又捆了一大箱，什麼東西都密密封起，車體重心不穩、老翁搖搖晃晃隱入夜市人群。

補習班老闆因是老翁親戚，常將許多學生不需要的日用品給他再製與變賣，其中有一臺黑色越野車遠從高雄運回，說要留給他的外孫騎，許多印有補習班logo的原子筆、軟尺、墊板……最多的是招生文宣都說要給外孫當計算紙。那時外孫才小學三年級，老翁帶回的講義、考題都是升大學專用，這是另一種撿回收的故事了。

3. 尿液檢查

分別十多年的老同學在永康榮民醫院重逢，那天大家身上都脫到只剩一條四角褲、披著醫師用的白袍，就像一群暴露狂，我們正進行兵役健檢。

十多年前當小學生都未必裸露，誰想過因國家義務再碰面，造型會是如此讓人赧顏。

幾乎接不上話題，這是我的問題。十幾年各自經歷發育、基測、指考等人生作業流程，面貌也多少變了，一切只因我們是同鄉，且在鄉公所兵役科安排下團聚一起，排成一條勉勉強強的隊伍，像小學要到保健室視力檢查。

直至各自領取塑膠杯與透明試管步入廁所，促狹地一格格的廁間，各自低頭工作一陣，終於有人開口：「放袂出來啦。」

應答聲音陸續傳來：「我也尿不出來，以前都拿我弟的尿去驗！」、「我都我爸幫我尿的。」、「我都裝水，也沒驗出來。」

我也尿不出來，一邊努力放鬆，一邊偷聽老同學抬槓。我因畢業去念了升學取向教會中學，與在地朋友完全中斷聯絡，明明廁間好多舊識死黨，我害羞不敢加入發言，再說身上這般打扮，一人固執地在小便斗低頭等待。

我有沒有尿出來？不告訴你。那天我多麼害怕被誤會驕傲、冷漠，我的彆扭讓我吞下不少苦頭；我實在想太多，將自我設成防衛模式，心中忖度偏鄉不高的升學率，想關心大家後來都念哪裡，又怕被說成讀很高愛臭屁。

除了尿液檢查，舉凡蟯蟲檢體、糞便檢查都令我害怕，委實沒有心理準備讓自己身體的延伸物大方露出。尿液檢查當時非使用試管容器，盛裝尿液的是一外觀透明、浮印刻度的塑膠小壺，接近紅瓶蓋之處有一條線寫著「到此線為止」，也就是滿水位的意思。

尿液檢查步驟非常簡單，我卻認為比自然課做實驗折磨人，一來我因緊張常尿不出，再者是尿出來，液體也吸不起來，這到底是什麼特殊原理？我的容量永遠離標準一段距離，不時端著紙杯在播著晨間新聞的客廳兜售要家人幫我。

有幾年我當副班長，負責在講臺蒐集全班檢體，大家醒來的第一泡尿呢！我像捧著牲禮一樣膽顫心驚押送全班尿液到保健室交貨（打翻就是名符其實的「漏尿」了！）想來那也是我人生色彩學第一課，怎麼說呢？全校十二班，每班二十五人，保健室內有三百瓶等待驗收的尿液，是三百種深淺濃淡不一的黃顏色。

4. 逃學

通常是音樂課的直笛沒有帶、或營養午餐費、家庭聯絡簿放在電視機上……這時我就跑到大內國小正門邊的公共電話亭摳奧回家求援。

一九九六年十一月，因著一組百樂十二色原子筆忘在客廳，打了十多通電話仍是沒人接應，我當下決定逃學。

十二色原子筆到底多重要？那年我剛升小四，作業簿從原本只以鉛筆書寫，終能換用原子筆，修正液因之成為新的添購品；四年級課本不再單純圈詞，老師偶爾補充成語諺語或課外知識，這時抄筆記又成為上課一大樂事。原子筆需量增大，形成許多次文化：那年許多少女喜將原子筆啊、迴紋針、文件夾……按色分類，別在書包外緣。多麼華麗的色彩排列！是我認識美的初始。當時牌子最火是百樂，一支要價五十的極細〇點三八是小學生奢侈物，握在手中一筆一捺都引起全班注目。

十一月上旬，美勞課進度來到製作聖誕卡，一心追求變化的我，將十二色百樂極細鋼珠筆當成是年祕密武器，卻忘在客廳桌上。

我們家孩子什麼都不缺，教育花費從不手軟，當時一組總價四百塊，因兄弟要公平，於是母親也幫念國二的哥哥買一組，當時母親一日工資不過五百塊。

為此你可知逃學理由有多複雜了，逃學前一節我在心底勾畫路線，算準美勞課前的下課時間，本打算走捷徑抄小路，最後決定自側門奔向菜市場，沿最為醒目的大馬路一心朝家門拔腿而去。

我家與國小位在同條街，距離不過兩百公尺，平時走路五分鐘，下課十分鐘，跑快點大概三十秒就到家了，這又算逃學嗎？

從前我最羨慕住家與學校一牆之隔的男同學，時常他體育課結束衝回家開冰箱，夏天午休溜回家吹冷氣，學校鐘聲秩序著他們家的作息，他的名言是親像住監獄。

到現今我仍緊緊記住衝出側門那一瞬間，是不是就像逃兵或越獄？那是我膽子最大的一年，山村十點日頭光替我開路，路的兩側升起村景布幕，我才注意在我們上課上班上田的十點，壯年人口恆不在的成排樓房、三合院落、廟口院埕，竟是一人也沒有。我像誤闖停棚片場的臨時演員，沿路快速指認每一景與物。

當我抵達家門口，準備拉起鐵門爬進去，突然看到騎樓下彎腰洗衣服的曾祖母。

曾祖母晚年衣服仍堅持手洗，因力氣不足常擰不乾，後來我們都交代她將洗畢衣物放到後院洗衣機，等阿嬤回來幫她脫水。

那天阿嬤大概又被二爺爺載出門，我先在黑不見光的客廳找到色筆，把握時間快速從客廳爬向泛亮的騎樓。這時曾祖母正捧著鋁盆往我家方向過來。

一件薄衫都擰不乾的人瑞，怎麼可能拉得起鐵門呢？決定替阿祖省力，我將鐵門往上推到頂端，轟轟然一聲巨響。決定幫阿祖把衣物拿到後院洗衣機，我喜歡每次從她手中接過差事的感覺。在我來說只需短短幾秒的工作，在阿祖從騎樓走到屋後大概要十幾分鐘。沒想到我將衣物放妥，轉身阿祖已自行坐定客廳沙發歇喘了。

阿祖當然可以繼續休息，可誰來幫她拉下鐵門呢？難道我要先把阿祖趕出去？或者門戶大開沒問題？拿不定主意的我聽到校園鐘聲急急響了！

我握緊十二色鋼珠筆跑向炙熱的柏油路。

時間所剩不多，阿祖，這人世我能幫妳的真的有限了！

5. 水龍車來了

水龍車嗚笛來回撞擊在大內惡地形，分貝加乘效應，正在曾文溪邊芭樂園的我跨上腳踏車聽聲辨位，山區天邊並無黑煙升起，火場到底在哪裡？

水龍車鳴笛持續東南西北迴盪大內曲溪、二溪，失去方向的我絕不甘心，加快踩踏就怕錯過一場無名火，紅色水龍車你究竟游走在叨位？

水龍車就是消防車，水龍兩字因臺語讀音尤其悅耳，每次長輩念我都聽得特仔細。

偏鄉地區火災不多，起因常是燒田的火勢失控，或開出一大車只為抓誤闖民宅的一小蛇。清明節是打火旺季，水龍車會直接開到墳場邊等著。

父親中年加入偏鄉義勇消防隊，卻不曾看過他打火，倒是納莉風災與八八水災在支援工作竭盡心力，坐在航行村路的汽艇，救出許多家住低窪的災民。

我考大學前幾年，因景氣低迷、高失業率，許多同學紛紛報考警專消防，早我出社會至少七八年。我曾因母親不願花錢供我升學，遊說我去念警專，覺得自己在課業的付出不被明白，與她冷戰一段時間。

小學時期消防演習，班長代表示範，我太瘦了，偏鄉消防猛男環抱住我，四隻手一起擒起水管，向天邊噴出一樓高的白色水柱。

一九九七年六月，四下最後一日，學生書包尤其扁，我拎一只塑膠袋就出門，休業式讓你感覺連空氣都鬆了。因十點提早放學，家中無人，我找來鄰居玩伴到我家玩紙上大富翁。所有紙上遊戲我最愛大富翁，大富翁遊世界、遊中國、遊臺灣是我消磨假期必備單品，我甚至自行設計大富翁遊大內，多年後它變成我文字事業以內的〈桌遊故鄉〉。

我們玩大富翁也有自己術語：綠房子叫草厝仔、紅旅館是火燒厝。

大概真實生活太想擁有新房，或至少存錢買屋，彼時善化四處都有建案，班上轉學善化特別多。那天的大富翁遊戲，我很快集滿四間草厝仔，記得買的地段是「仁愛路」，手氣很好又順勢蓋起第一棟紅旅館，剛放暑假就有好兆頭。

休業式當天，早上十點半，我家附近的光陽機車行火燒厝了。

先是路上傳來躁動，然後有人大喊起火啊！

屋內我們丟下手邊玩具紙鈔地契，衝到火場對面空地，我看到生命中第一場惡火。

因風勢助長濃煙團團上湧，夾在兩屋中間的機車行像一根大煙囪。

機車行一家尚且不知樓頂起火，還在一樓看電視，機車行因是開放空間，住戶趕緊逃了出來。

鄉內僅有的兩臺水龍車很快抵達了，水龍車警示燈旋轉打圍觀群眾身上臉上，現場一百多人。

機車行隔壁是我家的空屋，空屋剛裝潢，準備出租給人開西藥房，屋主是曾祖母。

空屋的騎樓閒置，停放我家一臺小轎車，打火弟兄現場喊叫：車主快來駛走！水龍車的鳴笛持續運轉當成背景音樂，空氣浮泛化學臭味，這時有人議論概是燒到塑膠物，大家開始討論二樓都放什麼。

一場火讓本來私密的家用藏物，成了隨時會助長火勢的公共易燃品，不給個回應倒像隱瞞什麼。

這時有人大喊我的名字，說快打電話給人在工廠的父親；同時要找出汽車鑰匙，一時從旁觀者變成當事人，我衝回家門翻遍整座客廳，好像不找到鑰匙我也像連帶有了責任。

我的腦袋想像著火勢蔓延空屋，引爆小轎車形成特效；想像因轎車炸開，波及周遭木質建物，有人送上救護車。我記起十數年前住家附近菜場半夜惡火，據說火苗差點就沿東牽西扯的電線燒到古蹟懸壺醫院，差點燒掉一座街。

翻箱倒櫃的我持續聞到惡臭，讓我驚覺住家不遠處的山上工業區，也有幾根日日排出白氣的大煙囪。

第一場大火、第一次聽到電線走火四字、看到最怵目驚心的黑顏色。二樓高的鐵皮加蓋於十分鐘內燒到光禿，露出原先的區間與格局，這時又有人說：外觀看起來小間，原來內面這呢寬喔。

重新坐回屋內，大家無心買屋賣屋，因驚嚇過度並不多話，木木然丟著骰子，大家表情暗沉一如小丸子的好友永澤。

這時有人踩到了我的「仁愛路」，我們同時看向遊戲紙上唯一一棟紅旅館，破財的鄰居本要大喊火燒厝仔又緊急吞回去。六十天的暑假就這樣開始了。

6. 誰在午休失眠？

正午的放學村路，走過菜場常見零星收拾的攤販，菜場挺臭，大家都捏鼻小跑步。

正午放學村路背景音樂是黃乙玲〈今生愛過的人〉，幾乎三兩步就有一家客廳在看重播的《阿信》，小學三年級中午十二點半就放學，〈今生愛過的人〉是《阿信》插曲與片尾，你在心底判斷大概時間一點。

一點多寫作業，國語家課平時不超過十五行，假日通常三十，鄰居也念小學的朋友固定擠在騎樓，圍著摺疊桌一起寫。溫邊的靜靜的村路，厝邊隔壁也在看《阿信》。《阿信》一進廣告，各家電視又集體傳來〈今生愛過的人〉，加倍加大的黃乙玲，時間又過十五分鐘。

〈今生愛過的人〉是我心中黃乙玲的第一名、第一首光聽前奏鼻頭酸紅的臺語歌。我是吞臺語歌長大的孩子：酒啊、港啊、火車站啊……臺語歌經典意象，其中也包含我對愛情初始的想像。長大細究歌詞，讀到一種再不能愛不敢再愛也不想去愛的篤定。

午後電視機內重播中的《阿信》，電視機前的嬸婆、阿嬤與無數在家工作的媽媽，我也在她們身上看到另一種篤定，她們是住在臺南偏鄉的阿信。

我寫功課從不拖拉、從不假家人助力，一點半前會完成，無人無車、無所事事的我，有一大片下午可以任我揮霍。這算無聊、孤單、孤獨、還是寂寞呢？我想起無數次午後一人顧厝，多年過去答案仍然無解。

一點半過後，齊做功課的鄰居，一個個被他們的母親帶回家午睡；近兩點，《阿信》播完，阿嬤在騎樓綁頭巾、戴斗笠、整理布帆，跨上二爺爺機車後座，她約我：「欲作伙去沒？」我搖頭不語。她要到曾文溪邊二爺爺的瓜田工作。

鄰居小孩午睡形式十分有趣，大白天關門上樓睡覺約是不好看，一家四五口就睡在客廳，沙發東躺一個、西躺一個，大桌子再躺一個，趴在桌上睡的常是媽媽。午睡姿勢比較隨性，最特別的是棉被都從臥房臨時搬下來。

我從小就羨慕可以午睡的孩子，我的母親因是職業婦女，沒人管我有無補眠、儲蓄體力，好幾次我也有模有樣，從二樓臥房扛下棉被枕頭，一個人躺在客廳，把棉被拉到鼻下，兩眼瞪大注視梁柱奇怪的漆色，我的精神過度亢奮，閉上眼睛腦力正盛，躺三分鐘就爬起來了。

我是名罹患午休失眠症的孩童，我的生命力正盛怎能輕易躺下呢。

我念幼稚園就無法在校午睡，在冷氣房木質地板翻來覆去，爬起來東閃西躲，就怕踩到酣睡的同學。團體生活強調規律作息，校園時間按表操課，連睡覺都設定好，一律趴在桌上，全班像被集體催眠。部分同學還自行攜帶卡通小枕，每天最興奮就是午休時間，本來不累的我因維持趴姿太久，下午醒來時常雙手麻掉、脖子特痠，三十分鐘短的午休，我睡得非常辛苦。

只好起來走動，我是說一人在家的時候，整條騎樓踅來踅去，發現許多新奇物事：比如找到覆蓋在春聯下面的門鈴，原來我家這棟四十載老屋從前裝有門鈴；或去翻開騎樓梁柱邊的水錶，與地名平行的鐵盒內有一面儀表，儀表指針抖動代表有人正在用水；或拿水道頭鑰匙去試開任何一座久無水出的老開關，每次遇到生鏽咬死的水道頭，心情都特別低落。

一整個下午在騎樓探索自我，夏天透南風你若看到一個阿嬤出門、媽媽上班的偏鄉孩童，偶爾躡手躡腳，跑到鄰居家探頭看朋友醒了沒，那人就是我。這算無聊、孤單、孤獨、還是寂寞呢？

三點半左右開始不安，三點四十分跑去上廁所，三點五十八分已準備就緒——

做什麼？母親四點下班，從她的工廠騎機車到家門口需五分鐘，無所事事的下午，我時常以給母親一個驚喜當ending。我喜歡躲梁柱邊，當母親機車一駛進騎樓，立刻跳出來嚇她。

那天騎樓剛好有個裝電扇的大紙箱，四點一到，我毫不考慮跳進去。

跳進去才後悔，這樣一來就不能窺看車子來了沒。

想鑽出箱子又怕撞見母親，太好勝了，我縮在紙箱告訴自己：一個下午都熬得過，三五分鐘忍一下吧。

我小學三年級，正是臺灣股市破萬點、中小企業賺大錢的年代，母親任職的紡織工廠訂單接不完，加班連續六七個月，早上八點出門，直至晚上十一點才摸黑回來；生活中我跟阿嬤親，跟母親其實更親。母親不在，晚上我會一人洗澡、吃飯、幫她看八點檔《阿信》，等她回來轉述今天演了什麼。

那個下午我躲在紙箱等她，看不到客廳時鐘，只能心中計時，不知過了幾個三分鐘五分鐘，母親應該加班了。西曬日光停在我家騎樓，悶得紙箱內的我探出一對眼、一粒鼻、一整顆頭——

希望沒人看到我偷偷鑽出來了。

7. 西藥房

機車行遭祝融肆虐後，隔壁空屋又重裝潢，記得我還幫忙搬過磚頭，空屋最後租賃給一對夫妻營業西藥房，曾祖母成為包租婆，曾祖母過世，房租轉到阿嬤手中，全家過起半靠西藥房維生的日子。

每次到西藥房，我總忍不住想問東藥房呢？

西藥房因是賣成藥，略去繁複的門診、批價、檢查、看報告手續，其便捷性與廟口樹下、議員服務處一樣，常變成居民新興公共空間。不少農夫固定時間會來西藥房喝一罐提神飲料，讓我想起有些藥液得冷藏，冰箱在西藥房遂是基本配備，我買過一瓶奧利多，奧利多也是藥？

因偏鄉醫療資源不足，對外交通不便，到善化看診若無提早掛號，往往排到天黑。雖是偏鄉，一條短街密集林立五六間西藥房，此地乃是鄉民急診室。

家族性偏頭痛長期干擾我，國小時期的病假都與腦部相關，父母親也為偏頭痛所苦，一家都把普拿疼當維他命丸。

我甚至發明一種治療頭痛的偏方。夏天穿上厚重棉襖，接著躲到三樓加蓋的臥房，再將大棉被拉到只露一對眼，外在的屋熱與內在的體熱逼得人身拚命出汗，這時頭痛就會好一半。

我們全家都愛吃藥，雕花壁櫥是我們的藥庫，藥袋避免混淆都得寫名字。客廳到處散落瓶瓶罐罐，掃地有時清出年代遠久的膠囊。父親因務農噴灑農藥所以得顧肝，阿嬤試過任何一款顧筋路的藥膏，長期用眼的母親亟需葉黃素，全家因長期情緒緊繃，共同賴以維生的是五塔散與泰田胃散。

有年數學課需攜帶方型紙盒到校，那天母親需加班到十點，二爺爺在店未關門前帶我來到西藥房。實則西藥房到處方形物件，我像在戶外自學圖形課，辨識長方體圓柱體梯形體。記得老闆娘和二爺爺也墊起腳尖一起比畫四邊等長的盒物，最後挑到一瓶燙燒藥，不久我吃泡麵傷到該邊，還適時派上用場。

再長大一點到藥房，我常被外觀搶眼的壯陽藥吸引，好幾次衝動想拿來研究一番，因無膽又好奇，只好故意在壯陽藥前走來走去。

藥的包裝顯示一對西方五官的男女，赤裸上身，男方頭顱深埋女方頸下，女方閉目而雙唇抿緊，激情火熱，小時候我就想：做愛難道很痛苦？否則兩方何以皺緊眉宇、目珠微翻白眼，雙手死命綑緊彼此身軀，讓我想起掙扎兩字。壯陽藥塵封展示櫃十幾年，大概從來沒人買走，因此姿勢也固定十幾年，真正詮釋了什麼叫持久。

鄉村西藥房到底不是屈臣氏或大賣場，但也加減賣一些日用品：成人尿布、殺蟲劑、芳香劑。沐浴乳也是一種藥劑？其中伊必朗瓶身也印有一名西方五官的母親，懷內抱著一個貝比，我發現那女人與聖母瑪利亞有明星臉，洗澡都把瓶身轉向牆壁，很怕被聖母看見。

也到西藥房買仙楂果，後來才知仙楂果中藥行也有賣，西藥不通的時候就改去把脈，所以中藥行我從小才喊它東藥房。

西藥房除了成藥，現在也執行小診所處方籤，在電動包藥機尚未出在小鎮藥店之前，我最佩服藥劑師包藥的速度，摺法我偷偷觀察好幾次，在家ㄠ半天仍學不來。我的手非常粗魯，唯一會的摺紙是餐後吐魚刺雞骨的方盒，小學美術課有陣子吹摺紙風，下課時間少女圍成一桌摺愛心摺紙鶴，唯一不會的也是摺藥包。藥包是一種醫學美勞，讓我想起看病、觸診、開刀也是一種手工業。

西藥房當然充斥藥味，跟我們租賃的西藥房，因老闆是務農高手，秋天常在門前兼做文旦買賣，那陣子黃昏我來代收房租，蚊子特多，看到老闆在門口烤文旦皮驅蚊，焦黃的文旦皮會滲出一絲文旦香，文旦香是最最天然的蚊香，回家我也有樣學樣燒了一張文旦皮。

那時阿嬤還掌握一家生計，手頭緊，房租才幾千。好幾次不是收租，反是跟隨阿嬤來借錢。西藥房老闆娘嬌小美麗，每次出手都極大方，阿嬤開口向人借錢畫面於我是比吞苦藥更難受，可我永遠記得老闆娘都快快將錢塞進阿嬤口袋，表情滿是不捨與困惑，我也很困惑，持家多難呢？彼時我家住了八人。

啊！那幾年我們一家裡裡外外，真靠西藥房維生。

8. 投開票所

投開票所都設在活動中心、小學教室或者廟邊廂房，不管縣長立委還是總統大選，公定選舉時間即是週六下午四點。四點一到，我就跨上黑色越野車來到大內國小旁的活動中心看開票。

投票那天村路增加的車流量，不少離鄉戶籍仍設大內的遊子回鄉投票，順道也看父母，氛圍有點像過年或中秋；本來工作到四點的母親，也會提早半小時下班，然後匆匆忙忙趕去當票。我大概三點半就在門口等她了，又不是我參選，為什麼這麼緊張？十數年來全家投票率百分百，可說是模範選民。

作為現代進程指標的公民投票日，一致性了偏鄉與中心的時間空間，連人瑞也有所感知；選舉也讓城與鄉有了共同議題，其中最可愛最刺激又屬偏鄉村里長選舉。

偏鄉多人瑞，人瑞也是公民，當然有投票權。我家距離投開票所雖一百公尺，曾祖母因行動不便，投票都由伯公護駕，父親擔任司機，我陪在副駕駛座。記得曾祖母一落車，多方候選人會立刻搶著過來牽人。

候選人為什麼一大早到投開票所外蹲點？除了看到熟面孔故意揮手喊個名，多少是提醒等等別忘了投給我；候選人在投開票算人頭，也是怕跑票吧？村莊有效票數不多，誰家孩子睡過頭快四點還沒來，就趕緊敲家用電話催票。

姑婆兒子當選里長的下午，第一時間父親驅車載伯公與我，來到佳里鎮道賀，鞭炮聲與慶賀聲未曾停止，已倒嗓的姑婆是一邊回應各方祝賀，一邊牽起伯公的手說：「夭壽！我從透早在投票處外口，坐到下晡，坐到腰擱貼一張金絲膏。」

姑婆兒子毫無政商背景，素人從政，竟能高票勝出，本著一顆為民服務初心，是真想做事；姑婆也快八十歲，唯一幫得上的小忙是到菜場厝邊拉票，投票日當天找張椅子，在開票所外口坐一整天。可能勝選氣氛太催淚，置身服務處的我想起姑婆四處行腳彎腰拜票，心底有一點不捨。

想來我的童年始於一連串選舉活動：上世紀末第一次總統民選、臺灣省長宋楚瑜與陳定南的大戰印象尤其深刻；縣議員還分區，我家隸屬新化、山上與大內，父親幫忙輔選的日子，我也跑去當小助選員，搖下車窗，對著新化山上路邊人群揮舞小旗，因是二號所以手勢比耶，可車隊一回大內立刻將車窗搖起來，太害羞了。

我的表姑丈歷任數屆村長，幾次選舉與對手平票收場，平票機率有多低呢？竟還出現兩次，後來法院以抽籤決定。當年現場聽唱票，我的心臟就快彈出來了，因不敢面對結果逃出投開票所，那也是星期六下午四點多的時候。

我家親戚不乏從政人員，三百年前先祖即是以官立家，在偏鄉大內蓋起大瓦厝，自此庇蔭無數後代，我父親多次被推舉出去選村長，都被母親與我狠狠擋下來。我因有參選經歷，尤其深感選舉的苦。

那是一年一度自治小縣長競賽，當選者就是縣立模範生，其獎賞是到縣政府跟陳唐山合照。記得兩班共推出四名同學參選，我抽到四號，走在校園大家都笑我死好。三年級以上擁有投票權，學校是迷你小學，有效票數一百多張，讀四年級的堂妹還幫我畫海報、寫文宣。那場選舉也讓原本親密的友情變質，好勝的我也變得神經兮兮，選舉讓十歲不到小學生也懂得比較與表態，我的堂弟就沒投給我，選舉文化具體而微在一小學校，熱度不輸外面選戰，這是一種悲哀。我後來八十多票高票當選，花好幾千塊請全校喝飲料謝票。

第一次使用投票權要到〇八年總統大選，置身小坪數蓋票處，握著筆管壓下神聖一票，像趕上一九三五年臺灣首次民選的腳步，我的心情有點低落，雖事前與母親相約投給屬意人選，其實無法證明彼此真正按下的結果。原來選舉是一連串摧毀信任又重建信任的過程，所謂手足反目、骨肉相殘只是一小部分。

所以村長投票日也讓二爺爺的身分變得尷尬？只因他在我家沒有設戶籍，他的投票地點、投票人選都和我們一家皆異。他去看開票，投開票所在老人活動中心，抵達現場像重返老家，四處都是厝邊仔。從沒想過一場選舉會加深我們的疏離，尷尬疏離事情還有很多，猜想那天一定也是星期六下午四點多的時候。

9. 空白錄音帶

你聽過「切心」的聲音嗎？別著急，讓我先從一卷空白錄音帶講起。

空白錄音帶簡稱空白帶，市售大抵分六十、九十、一百二十分鐘三款，不管在鄉村在都市賣場銷路都不太好。空白帶功能性窄，卻被我們一群廟後囝仔當成玩具，還發揮得淋漓盡致。

初識空白帶，是英語老師史蒂芬林和馬克為了讓偏鄉孩童在家得以複習生詞與發音，特地搭配課本內容自製一卷錄音帶。那年我小學三年級，開始學習除了國語臺語之外的第三外語，因一整班都大內的厝邊，假日常窩一起玩大老二與大富翁，邊聽 APPLE、BOOK、CAR、

DESK……聽到收音機傳來老師聲音，客廳一時成了教室。老師有聲無形，覺得有點彆扭好像有人暗處盯著，心底毛毛的。

仔細想想，從小我們都被告誡不可以亂按：電視遙控器、冷氣機、電腦開關……我們很怕故障、怕壞掉而壓抑孩童好奇心。有次複習英語到一半，一個白目把REC與PLAY鍵同時壓下去，我們尚且不知錄音模式已經開啟，一陣慌亂中大叫：「夭壽你賣黑白揤」、「齁！會歹去啦！」、「趕快按回來啦！」上面一字一句通通變成證詞錄下來，這太有趣了，從此我們都把教學帶子拿來講話啊、錄卡通歌，導致英語播到一半跑出上次錄音複寫的痕跡，連我媽都被嚇到笑不停，讓我想到臺灣語言的雜混性。

有了空白帶就需要一臺收音機，那是卡帶快退流行、CD開始普及的年代，添購一臺複合式收音機成為家電廣告最新臺詞，我哥那時開始買CD了，通常是王傑或伍佰，伍佰《白鴿》就是買CD，然父親小豐田不能放CD，為了能在長途旅行也有音樂相伴，常派我去買空白帶讓他自製精選輯，一時房間又變成音控室：我們且練習曲目排序、決定AB面主打歌，還會替專輯構思名稱。每一張都是絕無僅有自選集，還好沒販售不然變成盜版商。

空白帶能錄他人聲音，當然也能錄自己聲音。雖然超糗但我得承認曾替自己灌錄一張唱片，那時最紅的八點檔是《還珠格格》，我一集都沒看卻會唱主題曲〈雨蝶〉，有天趁一人在家躲在房間唱：「我向你飛、雨溫柔地墜……」為了營造大小聲效果，副歌還會故意把嘴巴遠離音箱一點點，錄完自己羞愧不已，聽兩三句立刻洗掉，且只錄一首歌所以算是個人ＥＰ。

我們當然也到戶外，那幾年靈異節目尤其盛行，節目內容不斷創新。除了說鬼故事，還置入高科技儀器，鬼也開始現身了──靈異照片、靈異Ｖ８紛紛出籠。我不僅熱衷靈異節目，也學會在地實踐：尋找適合古厝當鬼屋，因沒有錄像機器，於是把腦筋動到空白帶──

我們都想像自己是外景主持人，最常去的當是我家古厝崩壞的大廳，那是我們欽點最適合架設收音機的景點，大廳停止祭祀多年，地上堆滿各式農用器材，大白天我也很怕，所以時間一定選陽氣最盛的正午。大廳有一面無人祭祀也沒人請走的神主牌，那也是我們祖先之一？我注意它很久了。

那陣子我們一天到晚跑到大廳捕捉靈界聲音，讓冷清的祖厝異常熱鬧，我們太入戲了，記得按下錄音鍵，決定讓它錄個三十分鐘後才回來驗收。南國偏鄉古厝埕上：一臺孤單在大廳運轉的Radio、一群奔離古厝鬼吼鬼叫的楊氏小孩，弄得收音機像倒數計時隨時會引爆呢。

後來有沒有錄到靈異聲音？不告訴你！可記得一群人滿頭大汗圍在我家客廳，就著一臺收音機聽取大廳的錄製成果：我們像回到戰後初期只剩收音機沒有電視機的年代，其專注神情很像聽天皇投降、大學放榜或颱風動向，更像一群在偏鄉戶外進行生態踏查的小動物學家，每一片風聲每一片蟲鳴每一片水滴都是天地的聲音，也是祖先的回應。我們在遊戲中鍛鍊分析力想像力，雖然手還微微發抖。

那陣子電視新聞也有SNG連線，綜藝節目開始到戶外找人街訪；我走到哪都提著小收音機，因不敢到路上攔截行人，只好在家抓人就問：「這位太太請問妳在忙嗎？」這位太太是我母親，我記得母親很有戲，非常狀況內還把收音機當麥克風：「我家富閔這呢三八！」、「這位歐巴桑借問妳做啥貨？」歐巴桑是我阿嬤，她正在灶前燒開水，她說：「你吃飽太閒。」一定不能錯過的是曾祖母，她因重聽，我光解釋就氣力全盡，當我把收音機遞到她的鼻前，她一臉狐疑，我也很囧，這畫面在外人看來很像我在給她聞一坨黑麻麻的東西。

所以到底什麼是「切心」的聲音？我對聲音很入迷，耳力好，幾公里外在辦喪事做法會我都聽見；我也能聽到藏在話語中的心機與玄機，曾把收音機平放在胸前以為將聽到心跳聲，結果只錄到自己不規律的喘氣。聽雷公聲響、聽嬌嗔呻吟……我聽著一切生理能力得以負荷的聲音。

初一十五，阿嬤吃早齋，廚房桌上瓶瓶罐罐的黑瓜、脆瓜、菜心是她的配料。世上最好聽的聲音，就是阿嬤咬合菜心發出的考滋考滋聲響，那聲音讓我格外興奮，我也有樣學樣吃白粥配菜心，咬了半天像慢動作拍廣告，卻聽不到考滋考滋。

我且因咬字不清，把菜心說成切心，我問阿嬤妳有聽到我切心的聲音嗎？

我要阿嬤多吃一點，不是擔心吃太少，而是想多聽幾次她的切心。

實驗幾次才明白，原來你能聽見他人切心的聲音，獨獨聽不見自己，那是別人口腔才能發出的天音，你要不要也試看看？

有天早上突發奇想，忍不住把收音機貼在臉皮試著錄音，一口口咬著菜心。

猜一猜，我聽到了什麼聲音？

世界中：失去聯絡

一九九九年六月，我完成了小學教育，準備離開故鄉大內，前往外地就讀教會學校，畢業前兩個月，恰是本庄媽祖廟三年一次的香科。我記得所有姑表親戚都回來了，那也是最後一次全鄉辦桌宴客，我家請了十桌，桌次擺在騎樓與馬路，鄉境路口全面封鎖起來。

遶境結束隔天，廟口舉行祭祀，鄉民踴躍參與，我在雨中與前晚宴客就住老家的小堂姑共撐一把黑色傘，手提自家祭品來到廟口畫位。梅雨嘩啦啦落不停，有個回鄉參與宋江陣團練的黑膚青年就要北上，清晨我在房間聽到他來我家與父親辭別。

我的小學教育終於一場媽祖遶境，終於一次集體夜宴。我的小學教育終於一九九九年。曾祖母再活半年也要在一九九九年底走人。

六月。結束了舉行在山邊活動中心的迷你畢業典禮，成人教育班的阿嬤阿公同時列隊最後一排，其他學校畢業歌流行唱的都是〈祝福〉與〈明天也要作伴〉，我們仍然排練〈青青校樹〉懷舊歌曲。我們甚至沒有畢業旅行。為了表示對於幾位教師的感謝，典禮前晚父親開著豐田轎車載我來到善化花店買了四束玫瑰，回家還在客廳裡筆記這要送誰那要送誰。拿不完，隔天我就商請母親騎車幫忙運到教室。一切行為其實都是在做心理準備。只因再過不久我就要一人離開養我育我的大內。

暑期輔導很快開始了。距離小學畢典不過三個禮拜，我到底有沒有準備好呢。路上遇到留在大內念本地國中的同學，突然無話可說繞路閃避，到現在我仍不知該如何處理這種問題。他們一群人正在文具鋪團購英語字母練習用的藍色作業簿。那個夏天父親母親曾經短暫消失，夫妻偕同去了鄉間舉辦的遊覽活動。七月。臺灣發生全島大停電，起因說是南部山區電塔問題。我彷彿看見我們身處島嶼各處，卻在慌亂中同時陷入一場漆黑。

漆黑中漸漸想起了初次單獨離家的暑假……我念國中了。國中一個年級就有八班，從前小學全校加起來不過十二班。暑期輔導的分班是短期的，開學將會有新的分配，剛剛熟悉的同學很快就要雲散。我念的是忠班，教室座位得以看到校門口守衛室，得以看到放學校車逐漸駛進校園，牆外的麻豆小鎮更是為我熟悉——我不過是沿著曾文溪水從一個半山村來到一個舊港鎮。我知道所有的人事都在逐漸失去聯絡，體育課落單時我就想要哭泣。如同兒時提早被送去幼稚園罵罵號哭不停，讓一路手工撫養我長大成人的母親，辭去了本就談妥的紡織工作，多留一年在家與我作伴；如同剛到臺中念書，終於安頓了宿舍，才知那日驅車離去坐在車上的母親不斷擦拭眼淚。

因為我的暑期輔導課，不能與父親母親出遊，家中只剩我與祖母、大哥留守臺南三天兩夜。母親其實一度問我是否想要請假，我卻先提議說應該在家就好。她是否有點小失望呢。從小跟著父親參加公司員工旅遊，臺灣島內島外玩過一遍，小學作業遇到作文要寫遊記，文字總是嘩啦啦，一次寫去阿里山看神木，寫到欲罷不能，剛好碰到本子最後一頁，還去撕了大哥的作文紙來貼。對於外出的渴望十分巨大，我一邊眷戀故鄉大內，一顆心早就往外野飛。

漆黑中又想起許多事情……比方國中三年乘坐校車，等候地點距離我家徒步僅需十五分鐘，又有一面陡坡，不分晨昏都由母親接送。第一天上課的時候太早下去，現場沒人等車，我羞愧地要她加速回返；有次則是母子同時晚起，跟在校車後面用力揮手催促油門；學校提早放學的時候，碰上夏日雷陣大雨，困在屋簷，我卻不打算撥電話求援，母親不會駕車，並不希望她冒著風險單手撐傘騎車，我就耐心等在原地讓雨自己停歇。

暑期輔導期間，匆匆來過幾個颱風。颱風名字不記得了。八月的早上我常等在電視機前面期待停班停課跑馬燈，那時臺南還是臺南縣。想起母親只在鄉間私人工廠任職，因此並無任何制度約束，強風之中心神不寧目送她穿上綠色雨衣騎車出門，直至傍晚她再從豪雨中歸來，我才真正鬆下一口氣。我發現我無能為力。

九月終於正式開學，我從忠班來到和班，真正展開自己的中學時期。上學校車搭乘時間提得更早。我與母親從此過著睡眠不足的生活。月底。發生百年大地震，再過幾天就要中秋，地震那晚我與母親同睡，天搖地動我們先是集合在二樓廊道，叔叔還住二樓，腳路不好的祖母也摸黑出來了，大哥則從三樓下來會合，然後又是一連串的劇烈搖晃，分不清是主震還是餘震，我們趕緊逃到一樓，拉開鐵門才發現許多人家燈已點亮，路上都是神色倉皇的親友鄰人。「你們家怎麼現在才下來？」、「我們要準備開車出去了！」夜班的父親，撥了電話回來。很快斷訊了。很快停電了。叔叔手持電筒前去探看睡在隔壁的曾祖母，拉上鐵門，跟在後頭的我內心害怕甚過剛剛發生的強震，很快就在光影搖晃的縫隙看見床榻熟睡的曾祖母，那年一百零二歲的她並不知道發生了什麼事。

一九九九年走到十二月，二十一世紀就要來了。仍然持續睡眠不足，日日披著山村大霧搭乘校車離去，天總是光亮得極晚，幾乎摸黑出門。那時週一固定上著一門叫做生活科技的課程，教室位在地下一層，年底話題全都繞著千禧年的故事，空氣中浮動著節慶的分子。我們在歡樂什麼呢？我們在悲傷什麼呢？可以感覺到是有什麼大事將要發生。

曾祖母是在冬至清晨謝世，十二月二十二日，過幾天校慶園遊會就要舉辦了，我們班上的攤位預計販售著搶手的肉羹，以及手作的貴賓狗造型氣球。我已經忘記當時帶著什麼心情，但後來我確實沿著操場跑道一攤逛過一攤。二十二日那晚是父親接我回家的，天色早已全暗，約莫六點我在夜色之中聽到父親喊我的名字，告訴我早上曾祖母的事，機車轉入家門，曾祖母起居的樓厝門面蓋上一面巨幅紅色布幕，故事已經開始了，母親身穿黑衣在家等我，她領著我走入停靈的廳室來跟曾祖母上香。那晚就入殮了，穿著冬季外套的我跟著一列子孫在騎樓跪爬迎接曾祖母大厝，一九九九年再過幾天就要結束，電視機到處都是第一道曙光的新聞。

一九九九年來得去得猝不及防，我依舊在日出之際搭乘校車沿曾文溪往下游而去，我與故鄉的矮山漸漸失去聯繫，我與故鄉的溪流掉了信息。我在路上與遶境隊伍錯身而過，遇見同班六年的好友卻互不言說，我們的眼神之中彷彿帶有一點餘震的驚恐，我們在歡樂什麼呢？我們在悲傷什麼呢？

園遊會結束又提早放學了，大家相約要去市鎮唱歌，說著什麼地方將有跨年演唱。只有我一心急著坐上校車，想要趕回守喪中的屋厝。喪期是從十二月跨到隔年一月，原來我的二十一世紀是起始於一場喪禮。出殯那日我手拿訃聞逐一比對這是誰那是誰的名字。我們哭得聲嘶力竭，哭一個百年竟然又過去了。所有的姑表親戚都有回來。所有祝福的話都來得及說出口。在我們漸漸失去聯絡之前，在千禧年第一場天光之後。

21世紀的試膽大會

故事不如再從曾祖母入殮說起。

一九九九年國曆十二月二十二日，冬至，當晚促狹的騎樓插插插，大概擠了三四十人吧。等待良辰吉時的空檔，客廳內執事的土公仔突然端出腳尾飯，接著表情詭譎，手勁輕巧地從飯中拈出一粒熟鴨蛋，像失物招領——他口氣淡定地問現場一干子孫：誰人欲食？聽說這粒蛋有壯膽功效，全場面面相覷；土公仔又說：可以給囝仔做膽喔！我的心裡有不祥預感，才打算閃到路邊躲起來，這時忙著披麻帶孝的阿嬤立刻大聲喊咻、生怕被親戚吞走一般：「阮閔仔啦！阮閔仔蓋無膽！乎伊食！」

天啊！這位太太，你怎麼把我的祕密講出來啦！

不過承認吧、我的膽子真的不算大。

怕鬼、怕看殭屍片，怕聽靈異故事，結果從小最愛看靈異節目：《玫瑰之夜》、《穿梭陰陽界》。小孩子太愛睏，撐不到十點，隔天我就追著母親重述給我聽。白天她很忙，通常是晚上，我從小沒什麼睡前讀物，也沒陪睡錄音帶，床頭故事就是鬼故事。楊媽媽的有聲書，其中一則發生在飯店，大概說半夜有人急敲門，睡夢中的主人公從門上的貓眼看出去，驚得發現門外等著一名臉上結有蜘蛛網的拍密仔。

母親有語言天分，說得生動，加上她平常做紡織，把那拍密仔形容得像披頭散髮的痟婆，還有毛線啊、珠珠啊。我後來在外租屋就不太敢看貓眼，容易被門鈴聲響嚇到。

我也是看殭屍片長大的。暑假大哥常去租林正英的《殭屍先生》、《殭屍家族》錄影帶，然後邀來鄰居小孩圍在客廳練膽，阿嬤在客廳撕四季豆也跟著看。我最愛看又最無膽，都將椅子搬到騎樓像看露天電影，這樣電視螢幕感覺比較小，殭屍也比較小隻。那時我們每天在騎樓學殭屍跳；喜歡玩暫時停止呼吸的危險遊戲；有個猜拳遊戲就叫僵屍切，對啦！就是那個「僵屍的耶耶僵屍切！」

最早念的課外讀物也是鬼故事：《屍變》、《日本鬼故事》，看完就在我家騎樓露天開講，像王祿仔賣藥，只差沒有手持小蜜蜂，也沒送聽眾洗衣粉。最常講的段落發生在停屍間，其實我根本沒去過，什麼這個時候，冰櫃全部自動打開！碰！碰！碰！（腦袋想的是冰箱吧。）一具屍體突然九十度站了起來（當時數學在上量角器），他的臉上有雪花，悽慘的臉啊，身形又高又大，穿著禦寒的棉襖，兩手直直伸向前！（是在說聖誕老人嗎？）

大白天我講到全身顫抖，快要僵成一根冰棒，有個聽眾半途就嚇跑了。

怕的事情很多：怕蛇、怕狗、怕警察、怕救護車鳴笛聲，怕搬家時膠帶封箱的聲音，怕半夜扛棺吹吹打打的嗩吶……時常被笑無膽無卵葩。

小學四年級前我都在自家門前小便，幫造景盆栽澆花，從客廳走到廚房只需五步路，這樣也不敢，好幾次尿到一半，剛好被路過的同班同學目擊。鬼月更麻煩，據說晚上會灑到好兄弟，大家又在看八點檔，就得抓住廣告時間，盧著母親陪我到廁所。一樓如此，更別說上樓，樓上根本地獄。有次全家在客廳準備看《天眼》，我不小心在長藤椅睡著，母親先把我抱上樓，結果半路我就醒了。這下害了，一個人固定床鋪不敢妄動，兩眼金金，為什麼這麼怕？當時我家斜角有戶喪家，他家喪棚的紅色警示燈，不巧通過光與影的奧妙變化，剛好打在我家二樓陽臺，而我看著一閃一閃的紅光，通過窗簾又打入我的房間，這是不是要傳達什麼暗號給我？我怎麼可能不怕呢？

從小一個人顧家，天天都是我的試膽大會。屋內的去處只有兩個：房間或者客廳。房間是阿嬤出門下田前，先陪我上去的，接著就將房間反鎖，等到樓下鐵門拉下的聲響傳來，我就知道整棟屋子剩下我了，電話響了也不敢接；在客廳我會不停轉電視，沒裝第四臺的日子，下午時段多是重播連續劇，其中一部叫《青青河邊草》，每次我就在客廳唱完片頭曲才甘心轉臺；也有國劇節目，裡面角色都會瞬間變臉，我不太敢看；主要停在健康養生的頻道，教人如何控制胰島素啊，飯前飯後測血壓，奇怪就是從不教人練膽。

其實啊，沒人在家我怕，有人在家我也怕。我阿嬤以前常說：「家己厝內有啥好驚！」真的，怎麼有人會怕自己的家？

最怕三樓神明廳，大概它總是暗暗的，其中一盞長明燈壞了十年，只靠另一盞給出亮度，日常生活大家忙碌，只有祭祀時間才來。

主要是通往神明廳得經過小客廳，我和大哥的遊戲間，從前我們在這裡打紅白機，大哥念國中後，沒人跟我搶，而我愛玩不敢上樓，一個人時覺得音量太大吵到祖先，也覺得祂們都坐在我的旁邊。我都叫二爺陪我到三樓的樓梯間，並交代不要跑掉，等我開機就緒，一切ＯＫ才放他走。老屋子老客廳的日光燈有點秀逗了，有時五分鐘才亮，有時根本不亮，我就嚇得鬼吼鬼叫把二爺擱在旁邊衝下樓。那時我最喜歡玩《冒險島2》、《瑪莉三代》，玩得出神，靈魂都要飄走，遊戲結束，天都黑了我才知道怕，這時搖桿扔著逃離現場，全部電源都沒關。

害怕神明廳會不會跟我父親養鴿有關？我以前常在神明廳看著父親踏上陽臺欄杆，踩上去之後，他的高度逼近天棚，接著蜘蛛人似跨到隔壁棟的女兒牆，多麼驚險的特技，日日在我眼前上演，日日我提心吊膽，他會不會突然跌下去？三樓不算太高吧？身後的公仔嬤若有在看、也會保佑吧？父親在隔壁空屋養一整層的鴿子，他的遊戲間，到現在我都不喜歡鴿子。

說不定也跟母親有關。每年春節送神前夕，母親拎著一架長梯在神明廳內外刷刷洗洗，這個好媳婦也讓我神經繃超緊，拚命勸阻她不要洗！太危險了！神明廳不夠寬敞，放著小金爐的陽臺狹擠擠，這不是適合人類活動的空間。我焦慮地在一樓馬路邊徘徊，心臟無力，看著三樓陽臺的母親手持黃色水管，站在梯子上下移動，高度同樣直逼天棚。母親有暈眩症頭，如果重心不穩怎辦呢？地上全是水、水管，不注意腳底打滑就從三樓摔下來。

所以怎麼有人會怕自己的家？誰來給我一個神回覆？

前陣子回家買了燈泡、延長線，一個人摸黑在神明廳牽牽扯扯，以前小學自然課在教室接線路，我永遠分不清串聯與並聯，燈泡最後一定弄破。那個晚上燈泡終於全部亮起來，才發現到我居然不怕了，膽子大了。當年要我吞下熟鴨蛋的阿嬤是不是看在眼底？她的照片剛擺上去。

我走到陽臺吹風，視線與更多樓仔厝的神明廳平行，暗夜中亮著一對、兩對、三對紅眼睛，而我就站在這老屋子最高、視野最好的地方，在僅有的兩盞長明燈的指引下，轉過身來。初次我把神明廳看得明白，同時看見祢們一個一個笑著向我走來。

鬧廳：超高清失散隊伍

曾祖母守喪期間留下不少紀錄文字，全被母親齊整收納，放在透明封夾。作為孫媳的她可以說是這場葬禮維繫事項的關鍵女性，讓人不得不臣服於她料理家務的過人天分。

二〇一八年六月的一個午後，我在客廳無意之間翻出這筆資料，出於寫作者與研究者的雙重身分，我知道曾祖母找上了我。我的心情有點激動，告訴自己冷靜逐一檢閱，不想情緒轉移陷入回憶不可拔出，卻也明白是遇到了天大的題目。這些資料詳細記載當時的出支開銷、奠儀數目、各種做七的祭祀規範。手寫的複印的抄錄的，通通留了下來。

現在被我拿來講述故事的這張價目表，顯示了當時流行的陣頭與行情，每團最後我們都聘請來了，好大的手筆，部分甚至一次聘請兩至三組。並安排出殯前日進行完整表演，一路從日場做到暝場，山區馬路完全封街，還流水席煮宵夜大家吃。

我的二十一世紀所以是起始於曾祖母的葬禮，她是在中華民國八十九年一月三日出殯的。大哥與我手提大紅燈籠走在曾文溪邊產業道路，跟在後頭正是來自各家資助的民間陣頭，以及陣頭之後的禮車靈柩與子子孫孫。

我的寫作並不依照表演流程，也不沿用當時隊伍排序，主要考量現場永遠都是混亂的，然亂中有序也能合乎禮儀，大概比較能夠呈現我的心情。除了下面撰寫的陣頭，必須說明還有布袋戲一團、吉普車一輛、相車一臺等，其實當時有人建議是否要替曾祖母的葬禮錄影，有人同意但有人不同意，想來覺得可惜，但是大家都沒忘記，如今鄉間親眾談起仍是津津樂道，我的記憶則是堪稱超級高清。

電子琴

中午一點不到，花車緩緩停靠我家門口，尚在客廳歇息的祖母說：電子琴這呢早就來了。今天是出殯前日的做場。大哥與我跟著視線往外看去，面面相覷，我們都是初次體驗，表情有點僵掉，內心覺得怪怪的。

安置騎樓的喪棚早已移開，花圈花籃全部移走，這讓原本遮掩的靈堂完全露出，路過的行人車輛，也就得以看到曾祖母的超大棺木。大家開始裝忙找事或者躲藏起來。

其後花車司機兼助理牽起了電線，負責哭唱的白衣歌女不知何時披上頭披，她問了一句至今我仍不敢忘記的臺詞：請的人跟我來。她的意思是：出錢聘她的跟在身後。這團乃是堂姑隊伍合資，她們是曾祖母的內孫女，四十年來嫁至臺灣各地。當天提早回來的兩位堂姑於是披了頭披跟了上去，此後即是大家熟悉的唱與吟與哭。

白衣阿姨不知唱了多久，領著兩位堂姑匍匐前進，兩位堂姑我不常見，當然更沒機會看到她們跪姿，氣氛隨著麥克風音量加倍東南西北傳開。祖母拉著矮凳坐在騎樓，全身重麻待命，我拉著另張矮凳坐在她的身旁，頭顱慢慢歪在她的臂膀，這場孝女白琴可說隆重且震撼地向我開場。做場日是星期天，隔日曾祖母發引，我已提早向天主教會的學校請假。

大鼓花

大鼓花括弧小字寫著大人二字，顯然是要告訴你，也有兒童版的大鼓花。

此種陣頭廟會常見，記得從前大哥與我在三樓加蓋小型客廳看廟會錄影帶，影片許多特寫大鼓花的表演，她們除了陣式，還有特技——搬來傳統長凳，臺語發音接近伊瞭，然後層層疊了上去。這時接著一名女子從高處下腰，倒立，身子慢慢向地面靠近，原本用來敲打的銅鑼早已平躺地表，上面備妥無數百元鈔票。透過畫面，我們兄弟看到身體完全倒掛的女子張嘴咬起現金，接著經由旁人協助，毫髮無傷，一個翻身，安全落地，掌聲鼓勵鼓勵。大哥與我看得目瞪口呆，以為曾祖母的做場日將會再次親睹這項表演，未料大鼓花是出殯當日才到現場的，印象中就在公祭會場外頭，相較於廟會場，喪禮場的大鼓花衣著色系較為樸素，鑼鼓聲吆喝聲還是很嗨，但是沒有咬錢。

高分貝的公祭場，我仍是四處跑來跑去，明明沒有我的戲分，看起來也好忙的樣子，我們說話都要側耳，都已哭到沒力還要拉大嗓子。不知大鼓花是誰聘請的，那時越靠近出殯，越多能人前來認領，有些陣頭禮數上由家人負擔，有些則是親友贊助。曾祖母喪禮又堪稱吾鄉大事，消息傳開之後，好多人都來問還需要請什麼，除了致意致敬，多少也有刷刷存在感的意思。

記得送葬隊伍每輛車前都須清楚貼明是誰出資斗內，大白話就是要露出。母親與我漏夜寫了好幾張紅色紙，當天拿到陣頭專屬車頭，用封箱透明膠布貼得超級牢固，這才驚覺我們用的黑色筆太細字，路人根本看不清楚。母子對看一眼，實在超級心虛，這畫面太滑稽，無可挽回，於是火速混入人群。若是現在，大概可以拍照截圖傳到群組吧，看要多高清就有多高清。

五女哭墓／五子哭墓

五女哭墓與五子哭墓合併寫，主要是做場日來的也是同群人。我們都對此項陣頭不甚熟悉。喪禮在故鄉的出殯基本搭配就是八音、樂隊與牽亡歌仔，所以五女五子到場，我們喪家全都擔心失了禮數，牢牢記住但凡儀式中有哭爬入廳堂，需致贈紅包答謝。一時之間，紅包備妥，大家全都圍在騎樓，綜藝畫面，仔細忖度下個橋段會是什麼。後來發現兩團竟是一組人馬，現場有人說了真心話：哎呀！這樣等會不就一個接一個爬進去，紅包發不完啦。中場休息，團長前來說明，表示操演有其程序，化解了小尷尬，於是我們家屬放心四散而去。

同個時間牽亡歌仔也在拚場，時間稍微重疊一些，家屬全被牽亡歌仔喚去配合，致使我根本聽不清五子五女同場唱念的故事，然而各種聲響交錯在日落時刻曾文溪邊，我家又剛好西曬，新世紀新光線照停在五子五女身上，傍晚子孫陸續歸來，前來湊手腳幫切菜的人更多了，造成村路小型塞車，彷彿還要起了爭執。我們緊急想起要在遙遠路口設下車輛改道提示。

其實請五子五女是有現實考量，曾祖母生後只剩伯公與姑婆替她送行，但她一生據我從戶籍資料查明得證，至少經歷十次生產。五子五女的出現為此添增一分傷感。曾祖母將她的女子一個個生出，也將她們一個個送走。記得隔日出殯回來，五子五女在喪家門口完成五子登科，隨後邀請他們一起共食散宴，這時我看到隔壁桌坐的是孫悟空與豬八戒。

三藏取經

二十一世紀才剛抵達，隨後世界名著《西遊記》的經典人物也跟到了我家。不知為何看到真人扮演的孫悟空豬八戒等過去在小說熟悉的經典角色，多少也有種遇見大明星的感覺，特別是唐三藏，我忘記出殯當天有沒有安排一頭白馬，而做場當日我引頸期盼的取經隊伍最後沒有出現，輾轉才從大人口中得知原來改排隔日出殯正式表演。

其實廟會活動我也看過敷衍西遊故事的取經隊伍，孫悟空在街上或者搔頭抓癢，或者跑到騎樓偷拿香案祭品吃整路。喪禮現場的齊天大聖好動依然，臉譜下的神情卻有一份嚴肅。三藏取經果真隔日如期上場，要來送葬的子孫親朋圍成人牆搶著要看，這是當日最受歡迎最不悲傷的陣頭了。其中一位遠親女眷但見孫行者後空翻，翻了好高於是喊了一聲好啊！當下我是有被這位太太嚇到。

那日仔細觀察取經隊伍，已是送葬歸來的散宴桌席。這種場合各自低調，沒有相辭，吃得倉促也吃得草率，甚至裝髮扮相都沒卸除，直接入座開始吃了起來。我們散宴也是大手筆呦，菜色可不馬虎。我一直在偷偷注意西遊名人吃了什麼，唐僧有沒有吃大封肉？養樂多布丁盒是不是豬八戒消滅了，悟空沒偷蟠桃但他似乎中意水蜜桃，天啊紅蟳米糕沙悟淨該不會還想要打包帶走吧！

樂隊13人

樂隊公祭當天可說戲分吃重，他們得適時配上合情合理的音樂，落點精準地替祭祀過程伴奏。記得徵詢是否聘琴樂隊，常是先問國樂或者西索米，通常我們選的都是西索米，接著才問人數的多與寡。

樂隊出殯當日才會抵達，並在公祭現場覓得一方空間，成為之後演奏場所。曾祖母乃至後來大伯公、大姆婆與我祖母，樂隊人員全都固定集合鄰居騎樓，有趣的是，多年來我們請的樂隊也是十三人，全隊登場，且都是西索米，而負責出錢則是曾經任職縣議員的老厝邊，以致形成樂隊後來由他張羅的默契，大家都像說這團是他整的。

樂隊演奏曲目也有時代差異，二十世紀的〈感恩的心〉，二十一世紀的〈家後〉，我在現場無暇細聽，沒事也讓自己看起來很忙碌。因為這時兒子女兒列隊公祭現場在答禮了，外場就由我們這些孫輩曾孫輩隨時奧援，我有忍不住偷偷跑到一名樂師身邊，單純只是好奇他的曲譜，後來細想不知有無給人造成壓力，好像家屬派來盯場、質疑他到底行不行。

牽亡歌

牽亡歌仔在影視或者藝文作品被運用的比例並不算低，我也曾經以它寫過小說，也寫過一篇論文探討落陰歌仔冊與牽亡歌小戲的關聯性，然而對它感到興趣其實來自母親。印象中是大伯婆的葬禮做場，母親下班回來聽說牽亡歌仔剛剛結束，大嘆覺得可惜，口氣好像錯過什麼重要節目，無禁無忌尤其增加我的好奇。

第一次看牽亡歌表演正是來自曾祖母的大喪禮，它需要家眷一起配合，尤其「目蓮挑經」關鍵儀式，女眷身分尤其重要，堪稱高潮所在。印象中執事者肩挑謝籃走走唱唱，謝籃內裝著小牌位，作為曾祖母媳婦輩的大伯婆與我祖母，以及唯一女兒小姑婆，再加上長孫媳伯母，陸續繞著謝籃跪成圓圈，最後得與目蓮對著謝籃不斷拉扯。天曉得我們請的這團實在太會唱了，姑婆哭至差點暈眩，卻不時抬頭對著站看的我們比畫，比畫完又彎身拉謝籃，過程幾欲斷腸。我扯了母親說姑婆在叫呢。因為現場無法聽清她的說話，我又不敢亂入儀式，這時有個識事長者說要丟紅包啦。唱得太好姑婆想要加碼給予鼓勵。於是不少坐在旁邊忙著拭淚的家眷也跟著投放。

這團是姑婆出資的，論理也是女兒要付，作為唯一女兒的小姑婆在曾祖母守喪期間可謂一大亮點，身子嬌小說話十足有力。她又跟曾祖母長得一個模樣，至今我們偶爾還會說起了她，心中想念可以說也是無禁無忌、無邊無界。

開路鼓

開路鼓幾乎不用討論，它是必備陣頭，唯一要問的是要真人敲打還是放錄音帶。

當然要請真人。開路鼓雖是隊伍先鋒，出山那日它還是排在提著燈籠的我們兄弟後頭，我們兄弟之前則是負責挑牲禮的叔公祖，由於送葬全程步行，這下難為了隊伍中的老歲人家，好幾次看到叔公祖沛沛喘。叔公祖的前面是黑色越野吉普車，車是借來的，司機是堂叔，上面站一名掌旗手是堂哥，拿著一支寫有曾祖母個資的紅色長形銘旌大旗，掌旗官則由在地消防單位的長官擔任，方帽西裝，有模有樣，其實也是我們家族的內親，要喊一聲的堂姑丈。

開路順序大抵如此，或者稍微對調，差不了太遠。因為隊伍特長，加上當天碰到道路施工，我們前行隊伍常在十字路口等候，這時才發現有臺機車前後照應。這位大叔兩肩並不平衡，卻是家族共同的友人，我們笑說是大葬禮的總幹事，日正當中他來回掌控隊伍速度，想來他才是真正在替我們開路。

八音

我們都說鼓吹。曾祖母發喪之後，他們最早出現。入殮當晚已隨棺木前來，一路護送大厝，敲敲打打。它是一切儀式序曲，結束理當也由八音收尾。印象中是曾祖母送葬歸來，子孫進行除穢儀式之後，原本停放壽棺的客廳不知為何圍著一群老歲人家。原來故事還沒結束，他們即是鼓吹隊伍，正在進行最後的鬧廳步驟。

鬧廳二字真是深得我心，完全戳到我的美感神經，為此將它設成文章大標。也許喪畢氣氛完全不同，這時嗩吶聽來並不可怕，老實說我小學常在暗夜被送棺的鼓吹陣嚇得魂飛魄散，但也忍不住想要辨別喪家方位究竟在哪。記得以前住家附近半夜送棺，我都偷偷趴在鋁門窗向外瞄；又有一次送棺隊伍剛好碰上夜市，弄得大家不得不看，夜市的喧囂與嗩吶的音聲彼此交錯，棺木極其慢速在路中移動。然而吃牛排的、買燒烤的、打彈珠的埋頭繼續，這畫面太獵奇也太詭異了。

至今我仍在學習分辨八音的構成，而此刻留在紙上的數學題目，它在向我暗示一團一萬兩千八百塊，除下來就是八個人。八個老大人，都是身形纖瘦年紀頗高。有次聽到二爺談起一個八音老友往生，擔心起來日後不知誰來幫他迎棺敲打；又有次看到日治時期歷史影像，畫面中

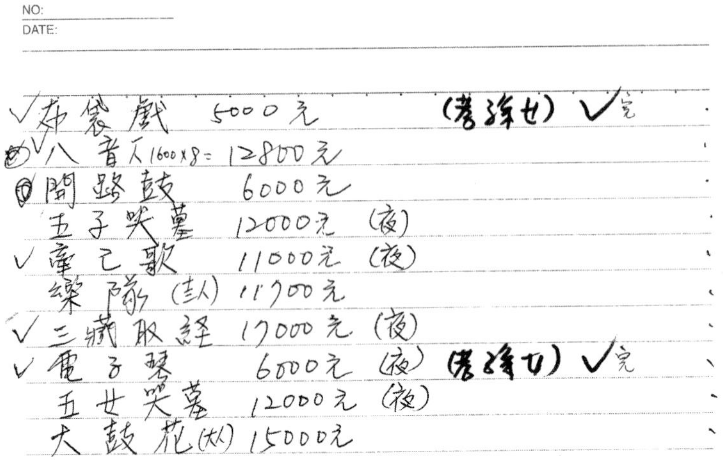

✓布袋戲 5000元 ✓完
八音人1600×8= 12800元
開路鼓 6000元
五子哭墓 12000元 (夜)
✓牽亡歌 11000元 (夜)
樂隊 (13人) 11700元
✓三藏取經 17000元 (夜)
✓電子琴 6000元 (夜) ✓完
五女哭墓 12000元 (夜)
大鼓花(大人) 15000元

曾祖母守喪期間留下大量資料，媽媽整理的，我每次都坐著翻看好久。

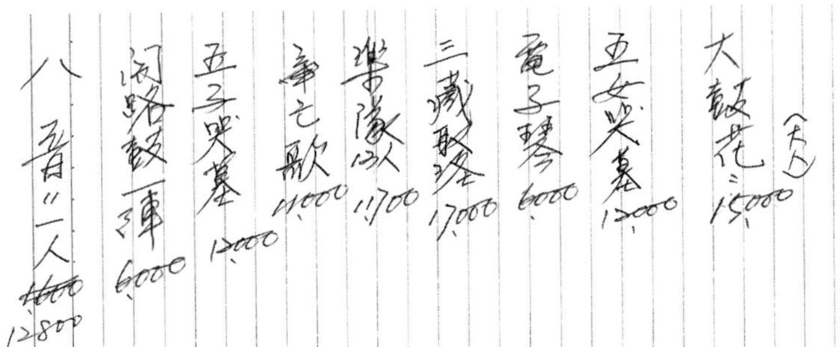

八音八人 12800
開路鼓陣 6000
五子哭墓 12000
牽亡歌 11000
樂隊13人 11700
三藏取經 17000
電子琴 6000
五女哭墓 12000
大鼓花(大人) 15000

我的二十一世紀，是起始於曾祖母的一場葬禮。

臺灣人的打扮與身形，與兒時見過的八音隊伍高度相似，讓人心生懷疑他們一路是從二十世紀吹奏而來。

實則每當行伍來到八音鼓吹，這時你就知道：載著壽棺的靈車將要登場，道路也會突然變得十分安靜：我們依序看到鼓吹，接著是道士，原本敲打的音量漸漸淡出，而嗚咽的哭聲漸漸淡入。靈車來了，跟著執幡者與捧斗者，各種顏色的頭批毛巾。日麗風和，曾文溪邊，一支長長悠悠的送葬隊伍。二十一世紀也來了。

河床本事

——內在的國土

不知道按了什麼，在YouTube看到一支影片，內容是二溪大橋的啓用典禮，畫面相當擁擠，幾乎看不出是座橋，橋面走的是人，停的是神轎，沒有車流。當地的庄頭廟也來助陣，我聽到宋江陣的擊鼓聲，也看到起乩中的遠親戚。忍不住傳給家人看。

從前我要去祖母的娘家，走的都是水泥建材的舊橋，它在民國九十年因著納莉風災沖斷三截。那個上午放颱風假，聽聞大橋封閉，大哥還特地開車載我前來，只想遠遠探個究竟，沒料到幾小時之後橋就斷了。隔天我又騎著母親的機車，拿了相機來看斷橋，留下許多照片。回家之後客廳東西南北比畫，努力想向祖母形容我所看到的畫面。祖母兩眼瞪大，她是在民國四十二年左右從橋的那端嫁至橋的這端。

但我想說的不是橋的故事，而是橋下的曾文溪水，以及沿著曾文溪水地修築的白色河堤，還有那堤防內外的河床故事。

恰恰在我中學六年之間，曾文溪進入了它疏濬築堤黃金時期，此時大水仍然襲擊沿岸居民。二十一世紀的曾文溪也在積極轉型。我常騎車從二溪橋打右轉入河堤，順著河堤向下游無目的騎去，一邊是並不湍急曾文溪水，一邊是景觀多端山區田地。

沿著白色長堤直直騎下去，途中得以經過四座或者更多童年我曾經驗的老土地，我才驚覺原來自己半數時間生活在曾文溪邊，只是從來不曾也不敢靠近曾文水域。

中學時期無照駕駛的我，花費許多時間騎車在鄉間魂遊，我的身體正在發育，我在想什麼呢？河堤路線是我最常出沒之地。路上飛沙走石，行動中的巨臂怪手，一臺又一臺的砂石車在我左右。青春期的我把自己騎進了工程之中，身處危險但不怕警察也不怕死，憑著雲的走向與風的溫度判斷這塊地與那塊地，現在它們全部化成河床地。

它們是一分大小不到的下洲尾、中崙仔、寮仔、港仔地……甚至因著大水沖積改道消失——我不知名號的。這些只存在口耳相傳之間的地名，光聽口音彷彿就能看到其時的地貌地形，多少年來隨著曾文溪的流速走向，漸漸成了我內在的國土。

一條河堤路反反覆覆騎了十幾年，除了想像力，是還有一些例外的故事，如同小學自然課本教你通過石頭大小形狀判斷上下中游，偏偏就會找到難以歸類的特例。讓我慢慢沉澱，慢慢告訴你。

之一 下洲尾

河堤路的第一段我們抵達了下洲尾。下洲尾如今只剩下一棵土芒果與一座廢水塔，多年沒有看顧，水塔從前還是自費加上補助而來。可以想見心思曾經花在此地。然而此地又下又尾，位置已經相當逼近曾文溪。

下洲尾種的都是土芒果樹，以及一點點的柳丁，田中不知何故幾個大窟窿，曾經拿來當成蓄水池。這塊地不算大，但因土芒果樹的氣勢逼人，視覺縱深比較立體，加上鄰近溪埔地菅芒花海的緣故，它始終給我無限延伸且無有盡頭的感覺。

土芒果樹比較高，摘採工具需要長竹竿加上一個網袋，然後找到施力點就用力剉下來。臺灣不少產業道路兩旁就是植著土芒果，夏日落果擊中路過騎士的新聞更是時有所聞。下洲尾田中總是擱著摘取土芒果的長竹竿，它們呈現的姿勢：橫在地上，靠在樹幹，立在池邊，像剛被放下或者正要舉起的樣子，或者隨意丟棄的失神狀態，這也是下洲尾給我的印象。

以前沒有多想，開始留意到下洲尾本質是河床地，我才想起雨季大概不宜來此耕種，太危險了，內山突然溪水暴漲或者上游水庫緊急洩洪，逃生不及那就完了。下洲尾在我腦海的最後畫面，因而像是一場剛剛結束的劫難，像是慌亂中竹竿什麼扔著趕緊逃跑，自然是沒有看到半個人的。

印象中老家附近圖書館，頂樓曾經裝設一組霓虹看板，選中圖書館大概那是聚落少見的高樓，方便四周居民得以望見，但凡上游水庫洩洪紅燈就會即刻亮起，村子廟口也會適時放送——原來我們生活長期處在警戒之中。有段時間，夏季暴雨，我就立刻跑到三樓陽臺探看襯在烏黑天色之中的水情燈板，當時下洲尾已經沒在耕作，家人應該不會身陷危機，然而只要燈板一亮，我想到順著河堤且與下洲尾連接的每塊農地，擔慮是否溪邊還有農民並不知情。

也想起我們以前經過二溪大橋，分明無風無雨，萬里無雲，卻見溪水陡然上升，夾雜浮木柴枝，水速還特別快，祖母神情惶恐，說著內山應該是在滲大雨；或者說曾文水庫有放水。為此從小學會想像內山玉井與楠西的天氣，即從曾文溪當日水面高低看起。

警戒中我們還是去了下洲尾。小學時期，父親在鄉村組了一支壘球隊伍，成員十七歲上下左右，多是四技二專五專的學生，鄉村男孩的壘球隊伍，離家與返家的命題，自我成長與愛情故事，感覺可以是部 HEN 勵志的電影。他們假日多半報名參加俱樂部聯誼賽，沒賽我們就在各地國中的操場練習，據說我是這支隊伍的小小祕書，負責管理壘球用具，謄出出賽名單，趁機練習打擊率與防禦率。那次不知是誰發起要來下洲尾夯罵，因而每個男孩騎著單車或者無照駕駛來到下洲尾，其實也不是全員到齊，有人還在上課，有人要去當兵。聽起來倒像一場某段敘事終將結束的日戲。

記得烤肉區架設在水塔隔壁，這樣取水方便，比較寬闊，我獨自一人在捏揉焢窯用的泥球，結果泥球供不應求，才剛完成隨即被男孩當壘球拿來練手臂，他們認真丟擲，彷彿再出力就可以拋向河中心。男孩也四散田中拿著長竹竿在挽芒果，他們通通打起了赤膊，黑乾瘦的體格，感覺下一步就要褪去下褲助跑跳入曾文溪。

小小祕書自得其樂地玩著泥土，一粒一粒堆疊成塔，從小不易跟人打成一片，我並不知該如何率然脫去我的上衣，但我真心羨慕那樣的自信那樣的情性，聽說他們將要陸續離開大內，可以考機車駕照了，或許很快在外城鎮成家，漸漸離開生養的曾文溪地。不知為何那日我腦袋浮現的卻是小祖先的身影，現場大概只有我知道這事情。

曾祖母有名三歲即因吞食龍眼早夭的小兒，來不及長大的小兒，多年來都由我們家供奉祭祀，他的忌日很不巧地是在農曆鬼月。聽說下洲尾在未來名義上就是要分給祂。一個日本時代生在臺南州的小男孩，我心中的小祖先，下洲尾是祂留在人世間的一塊地。

那日祂就站在我的身邊嗎？距離離開人世超過七十年頭，眼前全是與祂同樣生在曾文溪邊的男孩，只是年紀早已大過祂因吞食龍眼意外猝逝的歲數。

我就失神想著，忘記看顧中的烤肉串，火種似乎就要燒完。同個時間，彷彿看到男孩隊伍從溪谷方向拔腿狂奔而來，他們呼天喊地、神色慌張，長竹竿丟在地上，他們像是目睹一場即時災難，是山洪暴發嗎？讓人看了忍不住害怕了起來。

他們光亮亮的身影由遠而近，黑色體格逐漸放大，聲音逐漸明朗，蹲在水塔邊的我趕緊站了起來。這才看見原來是抓到了好一大網的溪魚：草魚、南洋鯽仔、大頭鰱……彷彿同時看到小祖先坐在芒果樹上微笑比耶。今天我們在下洲尾是滿載而歸。

之二　中崙仔

那日午後二爺騎車載著祖母與我，最後又來到鄰近曾文溪的這塊地，我不知在地人如何稱呼它，甚至忘記它有個名字叫做中崙仔。可以想像此地許是個隆起的小沙丘，較之四周的河床地稍微高一點。

再次聽到中崙仔的發音是前陣子從長輩口中，不知為何話題談到過去十幾年的幾場惡水：納莉、莫拉克……至少我有二十年沒有聽過這個地號了，它的命運如同下洲尾最後成為堤防的一部分。中崙仔更靠近曾文溪，所以定是在堤防內。

早年祖母不走產業道路而沿河流水勢，從下洲尾可以步行至中崙仔，然而我已失去辨識方位的能力。為此一次失去了兩塊地。

因為二爺也有自家的田地系統，從小常陪他四處尋田，我才有了兩倍以上的土地經驗，這是我的福氣。

那日中午放學，擔心放我一人在家，大概我也想去，於是又跟著祖父母來到了中崙仔。水果園像是我的安親班，我是自己的玩伴。直覺吧。不知為何當日遲遲攀在二爺背上不肯下來，為此整人呈現熊狀像個愛撒嬌小男孩。這塊田種的是大頭丁，間距相當緊密，從外圍看進去幾乎沒有光線。田頭有座三面式寮仔，像候車小亭，或堆或掛形狀殊異的農具，只有二爺知道東西擺放的邏輯。

趴在二爺背上的我似乎嗅到了空氣中不安的異味，我們三人才剛走到了亭前，一眼我就清楚撞見正在農具之間緩緩爬行的蛇身，今生見過最大尾的眼鏡蛇在此隆重登場。

當下我即從二爺的背移至祖母的背，就是不肯落地，接著驚天動地哭了起來；二爺同時拿起了地上鋤頭——想盡辦法要將蛇引至寮外。祖母與我退入看起來更兇險的田中，才剛來我就逼問還要多久才回家。

那日午後我死命爬在祖母的背，隨她在暗摸摸的田中摘採野菜，祖母為此整個下午揹著其時小學二年級的我，她腰痠背痛已經好久，每晚我被委命幫她貼各種膏藥布，當然每次都貼不準，雖是明白如此，我仍死命攀著，眼淚沒有停止下來，並不清楚自己到底在哭什麼。

大概以前寫到這邊，故事就會轉向二爺與祖母的情事糾葛，然而兩老都已作古，土地全部湮滅，面對這段記憶我只能更虛心也更誠實，到底是二爺給了我兩倍以上的土地經驗，讓我看到更遼闊且更複雜的世界。

二爺從前是村子裡酪梨班的總指揮，也就是班長的意思，那時我念小學也是班長，大哥念國中也是班長，一家都有領導才能。二爺時任酪梨班長，我常跟他四處拜訪農友、走踏農藥行，農友都聚在農藥行。買農藥附贈帆布袋，就是現在很流行的，回家轉贈祖母讓她拿來裝些農作道具，去田裡很方便。夏季全班出遊北上參訪肥料工廠，真的好像戶外教學，自然我也是座上賓。

印象中遊覽車集合處就是我家門口，二爺一個星期之前如同總機先生，打電話確認名單是否攜伴，二爺也攜伴，所以祖母也跟著出門了。上世紀最後十年，無意間我竟尾隨一支銀髮農友隊伍，他們都從日治時期走到民國八十幾年，遊覽車歲數加起來超過一千歲。

有回參觀有機肥料工廠，南下回程車子拋錨國道，於是緊急下了交流道，我們大概停在永康鹽行一處等待救援，車上眾多阿公阿嬤好耐煩剛好能補眠。新型遊覽車下層通常拿來放行李，然而一日小旅行無須大包小包，於是整個儲藏空間閒置了出來，立刻成了臨時臥鋪。遊覽車內跑上跑下的我，看到七八個阿公大概坐椅子不好睡，童心未泯溜到下層打通鋪躺平平，這畫面讓我驚呆，感覺像是高校男生出遊才會如此瀟灑，他們該不會還有偷偷攜帶象棋出門吧。

記得走進臨時搭建而成的睡覺場景，踮起了腳尖，最後忍不住我也跟著躺下去，容易午休失眠的我自然兩眼瞪大，現在回想倒像是一種集體生活的事先預演。中學時期，大學時期，因著營隊，我也有幾次十多人睡一間的經驗，我常想起當年跟隨酪梨班遊覽車出遊，年事已高，筋疲力盡，於是撞見一阿公隊伍呼呼大睡的畫面。猜猜看，那日我有沒有睡著呢？

之三　內在淹水區

納莉風災過後，有天，父親請我帶著相機來拍下洲尾。那時河堤正在築起，路況並不容易，記得騎著單車來到堤上，路上都是砂石車與怪手機。我根本不知下洲尾如今身在何處，那日我穿著一件白色上衣，上面的紋路是撲克牌的紅心A，青春期的我日日一張撲克臉，但我真心喜歡這衣。出發前父親再度提醒：記得拍出被水淹過的樣子。我們像是要去申請受損證明。

站在修築中的河堤上，在我眼前盡是大水肆虐的河床地，大水當時越過了河堤，所以堤內堤外都是淹水區。我不知道災難如何如實呈現，虛擬或者擴增都無法清楚述說當日眼前實境，然也許我的心靈需要一點虛擬也需要一點擴增。內在世界如同沖積沃土越疊越高，高臺就要形成，鐵軌就要鋪下，文明就要誕生，這是二十一世紀的創作課。

後來沖洗出來的照片，不知有否順利通過審核，我手邊一張都沒有留下，這下又是空說無憑。記得我們對著照片研究半天，說這棵是芒果那棵是柳丁，搞了半天最後發現根本拍錯方向，還熱烈討論，努力想像它們東倒西歪面目全非的樣子。傷害是可以比較的嗎。受損需要區分等級。這些都是上個世紀的研究題目。如果重回那年風災現場，我仍然會努力捕捉下洲尾的樣子，然我更想留住小祖先的故事，告訴自己這塊地一路走來的歷史變化，這樣具體多了也比較踏實。

這倒讓我又想起關於打赤腳的記憶。河堤竣工，日出黃昏常有居民來此運動，一次我就跟著母親來走康健步道。康健步道距離下洲尾一段距離，它比較靠近中崙仔，也靠近即將登場的港仔地。凹凸不平的露天步道，隨著日曬雨淋又顯更加凹凸，現場不少退休教師或者家庭主婦也來動動手腳，我們母子赤腳走在上面不停哀嚎。較之赤腳走在田裡更加難受，卻不知究竟誰比較苦痛。赤腳似乎更貼地表也更接地氣吧，幼稚園大班，一次赤腳後院玩耍，踩入一根大鐵釘，我被嬸婆側抱在胸，母親抖動雙手拔出釘子，從此之後對於赤腳存著陰影。那根釘子像是一枚隱喻。如果沒有康健的腳足，未來如何繼續走下去呢。

這樣想來，我大概有點自足，可能也不夠浪漫，所以我需要一點擴增一點虛擬，世界它要我把心打得更開。

科技時代的人文項目，未來更是需要大量自傳敘事，而你的故事就是最好的故事，並在說故事與聽故事的路途中與更多故事相逢，故事與故事的交集處，便是虛擬或者擴增的基礎。如同燒怕電，如同曾文溪水來到大內山區來個急速轉彎，我的故事為此也繞了好幾個彎。技術越是更新，自我形貌越發明確，媒體與文體之間當是雙向的鎔鑄，虛擬與擴增都只為了豐富你既有的內在，像是身上撲克牌造型的素色上衣，讓人感到形單影隻，可那朵炙熱的紅心A喜，看上去卻是越開越紅越大，下一秒就要彈出視窗，飛到你的胸前。

之四　港仔

少數美好的田園經驗，全部集中在一塊叫做港仔的田。港仔附近沒有港埠，早年據說是擺渡的岸頭，從這頭渡到對面一塊叫做山上的聚落，沒有水泥便橋的年代，曾祖母率領姑叔要到新化看姑婆，聽說就是於此搭乘竹筏浩浩蕩蕩十人隊伍渡溪而過。

臺灣大概存在許多擺渡的故事，湍急的溪水藏著更多湍急的故事。我來到港仔已不見擺渡人，但確實對岸距離真的不遠，可以清楚看見一河之隔的山頭有座涼亭，多少年後我才知道那處叫做山上鄉天后公園，我曾隨著美語班來此烤肉喝雞尾酒，表演兒童話劇《哈姆雷特》。

港仔之所以讓人反覆重寫，於我是因分布田園四周、甚至穿過田中的溪水支流，形成到處能見木板小橋的畫面。我們在田中行動就是不停過小橋，喔天啊，橋下真有龜與蟹，支流水位頂多只到腳踝，偶爾還有一些不知名藏青色的螺類。如果真有什麼恬淡閒適鄉村想像，大概就是港仔吧。支流極短，隨時有乾涸風險，或者有頭無尾，最後注入一棵柳丁樹下，怎麼會呢。其中一支盡頭是座不規則狀的小水池，平常不太敢來，為了讓我們兄弟體驗垂釣的樂趣，二爺有次去砍了細竹自製小釣竿，於是兩人坐在岸邊等了半天以為會有魚上鉤。

港仔最早拿來插甘蔗，讓我想起從前大內也有小火車，方向開往北邊的新營會社，我問過太多長輩，試著拼出糖鐵路線，羨慕他們見過有火車運行在曾文溪邊的畫面。而我對港仔的記憶都是芭樂與柳丁了，上世紀末重新整田那次好幸運有跟到，日暮的時刻，分明的田壟，尚不知將要種下什麼，大哥與我樂得野得不知人影，兩隻毛孩黑仔黃仔也來了，因為港仔隔壁就是伯公的田，一家族同時選擇來到港仔，像是回到曾祖母領導家務的年代，像是路上剛剛遇到就要擺渡的一行人，於是看見年幼的姑叔們，回頭正在向我揮手。

前往一塊充滿想像空間的田地，大概人也會充滿想像力。有次，父親大清早來港仔包芭樂當運動，露水太重不易施作，冬日溪邊的低溫河床，車子停妥不料就在田頭看到一隻蜷縮毛毯冬眠的無名小蛇。父親樂得想要找人分享，於是掉頭回家趕緊把母親載來看蛇，我覺得重點其實不是蛇，我看到一場冬天的約會。

港仔位置又安靜又私隱，容易讓人掏心與掏肺，小學三四年級，一日課後，祖母與我又來此包芭樂：她且要我幫忙一粒粒套上網衣，隨後逐步套上透明塑膠袋。港仔的芭樂是泰國芭樂，成熟的果實得以大如嬰孩頭顱，發育得好極了。一個下午可以包掉幾顆呢？祖母說目標是三百，我鼻子摸摸不敢搖頭。半天時間沒有動靜的港仔，只剩鄰近學校鐘聲告訴你現在什麼時刻。工作最後我們席地坐了下來，歇喘喝水，猜疑著等一下二爺是否會來接回，還是又要徒步回家。

一路車行在河堤：下洲尾、中崙仔、間或無數無名地號，可以說港仔田消失得最為徹底，我甚至不能判斷是否騎過了頭，只能依著對面山坡上的小公園，對應這處就是從前港仔的位置。

這年，曾文溪岸菅芒花海成為網美取景最愛，河堤路來到了中半段，我就要轉上大內橋接駁另一個故事。

國道三號交流道就在不遠處，聽說故鄉最近蓋起一座高度超過圖書館的大樓，是附近大型工廠提供給東南亞移工的住宿。二十一世紀來了。距離當年無照駕駛來看斷橋又過去十幾年。疏濬工程持續進行。未來我將擁有一條更深刻且更明確的曾文溪。

這年，鄉村開啟首間電動機車專賣店，河堤路上與我同行的多是騎乘電動機車的東南亞好朋友，有對泰籍情侶正在河堤觀景平臺幸福抱摟。我開心地大笑了起來。我不是沒有回來，且回且看二十幾年，此刻順著曾文溪水向下游出海口而去。我已暖身完畢，我早就在路上了。

破布子念珠大賽

——搞剛的書寫

都說破布子的製作相當搞剛，成本不低又步驟繁複，需要的人手很多，那麼書寫破布子是否也是一種搞剛的藝術呢？有時懷疑正在形成的《故事書》就像是我一個人在做破布子。可以是蔭油破布子，也可以是餅狀破布子，然而行文內外總是此中有人，如同破布子獨立製作顯然太難，於是有請大內楊先生十二位湊湊手腳。

騎樓民宅開始出現製作破布子親友團，時序已經來到夏日，搞剛的故事需要簡單的書寫，不知為何記憶中的破布子永遠是孤樹：大溝、大西仔尾，都僅種一棵，顯然不曾當作重點作物。印象最深的一棵本來是進入頭社田地的路標，因著道路開發又重劃，如今形單影隻生在畸零地上，看起來就像沒人要，而它相當爭氣年年固定生得纍纍。有次我們開來貨車，因是快車道路，乾脆站在後座人工摘取，一有來車催逼就趕快閃人，弄得很像我們是用偷的。這棵孤樹完全刷到它的存在感，讓我們無法忽視它，可以說是搞剛中的搞剛。

記憶中關於破布子的畫面都是一群人，這也是我喜歡破布子故事的根源所在。製作工程本就浩大，總是引來一群鄰居親友，有時小孩也會幫忙來捻，記得我的同學有次自動自發前來助陣，她說我家阿奏不久前幫過他們家，同時用了一句生活與倫理學來的名言錦句：助人為快樂之本。這話我已多年不曾聽到，如今想來破布子的故事即是一種生活與倫理的實踐。有時看到人家在做，閒閒卻又不想捻，那日我就躲在家裡；或者捻了一大水盆坐了一個早上，不好意思說要提早離開，越捻苦水越多，感覺相當委屈。如何學會抽身是小時候我在破布子隊伍中的最大感想。

更多時候就是話家常，男的女的全來幫忙，大人小孩各自一組，通常這是暑假剛剛開始，如果作業其中一項是家長時間，就能順勢拍照完成一道親子功課。夏日騎樓這邊一圈那邊一圈，也像一種破布子趣味競賽。我懷念曾祖母彎身靜默捻著一株一株，有次榮幸與曾祖母同個組別，重聽的她從頭至尾都沒開口，業績因此最為驚人。過程中我們將洗好的破布子放在大水盆，這時破布子看起來像是水生植物，大盆中間再放一個小盆，主要拿來裝捻下的破布子顆粒，心無旁騖的曾祖母，同時負責小盆滿了倒入旁邊待命的水桶，由此可見她是多麼專注。水桶集中滿了之後就是送去老灶熬煮。

價位高時破布子還有人搶著偷摘呢。二爺的中崙仔有棵破布子就種在馬路旁邊，連續多年皆被果賊光顧，果賊摘採方式很像我們在快速道路的狼狽模樣，大概這樣要溜比較俐落。近年我在城市飯桌遇到破布子料理，皆已成為料理的一部分了，我喜歡的破布子就只是破布子。它可以捏成塊狀像個肉餅，也可以做成瓶裝蔭油口味，超市就有在賣。破布子單吃是死鹹又甘甜，這是什麼奇怪的味道呢，始終讓人欲罷不能。破布子做完例行性地分送鄰家，來幫忙捻的捏的不能遺漏，大家意思意思拿個兩三塊；分送不完就是送進冷凍低溫封藏，多年之後從冰庫挖出陳年結凍且讓人難以辨識的破布子餅是臺灣家庭常有的事。

我們家已經很多年沒有做了，理由就是太過搞剛，大家都怕麻煩。加上光吃鄰居相贈的就得以吃到過冬。摘採、剪枝、水洗、手捻，火煮、捏塊或者裝瓶，還有事前工作諸如鹽薑配料的款備。再者遇到破布子長得不夠飽滿，不好捻又費時。天啊光想就非常厭世。

三年前看到嬸婆正捏塊，聽說她大清早就在後院一人作業，選在後院也是有緣故的，大概斤數做得不多，怕若是人家來幫，最後光分送就不夠吃，所以選在後院相對低調。這是破布子的心理學。我因收衣不小心撞見，心想還好已經捻完：嬸婆進行中的是流程中我最喜歡的一環：手工捏塊。我以前都邊捏邊吃。

捏塊怎麼書寫呢？首先從熱鍋舀出破布子泥來到乾淨的大水盆，等到溫度稍降，一只吃飯的碗，再拿一支飯匙，挖飯一般盛到碗中，翻滾翻滾再翻滾，通常大水盆之中同時出現好幾碗，這碗很燙就可先做他碗。飯匙不夠要跟鄰居相借。為什麼是飯匙呢？我也不太清楚，但它可以脫離飯桶，來到他處發揮作用，真心替它感到開心。翻滾直至凝固，最後碗手並用：可以用飯匙壓平，亦可以人工使力，一切完全實作，最後整塊放在一旁風乾，樣子不算太美，但是我很喜歡。

我喜歡這個成品逐漸成形的過程，它很複雜也很深刻，一如我喜歡的作品也是複雜深刻的，並且充滿自己的想法。聽說臺人食用破布子的習慣與平埔文化息息相關，而我不正生在一個埔漢交錯的山村聚落麼。那日我就在後院靜定欣賞嬸婆的純手工，蹲在旁邊不時偷捏一塊來吃。嬸婆做的不多，妯娌會做的也只剩少數，再過一年她也將離我遠行而去。她邊做邊說近來的養生，農曆逢九都要吃素，破布子正是素的，我沒有幫忙只是當個聽眾，傍晚我就收到嬸婆指名給我兩塊當成禮物，她是親自拿來我家。

今年五月，我也展開固定南北移動的嶄新生活，我的生活永遠擺在寫作之前，然而寫作卻是生活的不可或缺，我已漸漸和自己的文字安然共處，這是多麼重要的事，我相信自己可以寫夠長夠久夠遠，一波又一波。五月回來，同時也趕上水果大出，電視時常傳來盛產新聞，家中到處都是歸季，騎樓永遠進行裝箱封箱的功課。先是荔枝愛文，破布子與酪梨，龍眼是當前此刻，再過一陣子文旦白柚問世，九月檨便要上場了。我們其實有摘收破布子，準備送給專門製作的友人，摘回暫時擱在騎樓，卻因生得太美，竟被路過的阿婆相中，莫名其妙賣了兩三千元。我們今年也賣了很多酪梨，加上陸續種下的植栽，母親說明年雨水好就得以大豐收。我就回到處處充滿生機的山村，感覺生命盡是活力，讓人神清氣爽。

只是賣剩的破布子不好送人，十年前從中國嫁至臺灣的小嬸起心動念，於是我們有了一次破布子的夏季活動。果然消息很快傳開，聽聞我家正在製作，不少健在且年歲相當的長輩，陸續拎著自家椅子前來幫忙。我在老家三樓寫稿工作，偶爾下來探頭探腦，只是當個茶水小弟，還是忍不住挽起袖子意思意思。這是當天下午的事。

我們只是小本製作，我與三位阿婆圍成一圈，一個我不認識，另外兩個是老厝邊了，多數時候我沒話說，如同那年靜默的人瑞曾祖母，當時她都在想些什麼呢？話題最後帶到我的身上，問起一些生涯與情感的題目，兩個老厝邊先是搶著幫忙回答，最後形塑而出一個我也不太認識的自己。覺得她們相當可愛。

這時不認識的阿婆放下破布子，兩眼金金看著我說：你生甲卡親像你老母。白話就是：你長得跟媽媽比較像。當下不知如何反應，我補充一句說像媽媽好。媽媽卡水。我們雖是隔了好幾世代，交談卻不困難，這時母親出來探望，我要她客廳休息就好。三個阿婆也忙著說是。從小覺得自己跟家人都不相像，近年發現樣貌變得有像父親，但也更像母親，我像的是什麼年紀的他們呢。二十幾的時候。四十幾的時候。或者此時此刻的模樣。

那個下午我就坐了下來，專注聽著三位阿婆沒有中斷的談話，沒有插話的我努力捻著一株又一株。從小我就覺得破布子顆粒長得像極了念珠，而圍著摘捻的大人小孩，就像正在自製念珠的工作小組。畫面因此更加祥和美麗。曾祖母彎身的動作尤其吸引我，便在於她捻著破布子的姿勢，讓人懷疑她當破布子是一種佛珠在默數，一朵捻過一朵，捻得入神，形同一尊老菩薩呢。於是我就坐了下來，也當它念珠一般默默捻著，念著，想著與數著。祈願家人平安康健。
手與心漸漸放了開來。

字幕組創作課

直到現在，母親仍然習慣形容電視進入廣告的這段時間叫做「賣藥仔」。初始我以為是種走江湖文化的遺留，可能也是，後來才知從前電視播到一半，真的會有演員手捧好物進棚，身上直接穿著歌仔戲服，站在假山亂石之前，文白夾雜地賣力推銷。有種亂入置入的錯綜美感，我怎麼看怎麼怪卻好喜歡。

我喜歡藝術創作進入歷史文化轉型階段的各種變化，內容的或者形式的，人的五感也都變了、青黃不接，然而青黃不接於我卻是開啟一種全新審美的契機，特別是文字，到處充滿土地生民用其生命與語言角力的動人故事，活跳生猛又深刻。我祈願自己的作品也是活跳生猛深刻的。

如今回望我所生所長的這座島嶼，一路走來前輩文人多少精采的文字創作，不同時期志於創作的創作者，嘗試運用有限文字去描述眼前的無限世界，百折不撓，越挫越勇，就像在替這塊土地打上字幕，名狀各種不可名狀的事物，而我不過只是其中之一，可能不及他們的努力。

我的上一代，上上一代傳承豐沛的語彙，而我持續深化與創化。寫出自己的意見不難，文體卻是一個集音器，你能聽到自我的聲音，也要學會聽到他人與世界的聲音。創作是持續不斷的練習，專注文字符號的編排是肯定的，藉由不停跨界移動挑戰既有習性也是必要的。我要謝謝自己非常專心。

這幾年來不分歲數限制四處演講，聽眾從五歲到八十五歲，因著同個故事得以笑得開懷，讓我明白自我追求的創作是俗雅不分，文學定義無法定義，跨界是一種破壞的過程，然而破壞與建設本是一體兩面，《現代文學》六〇年代的創刊號早已如此寫著。文學歷史雙軌並進，以此理解臺灣文學的語言風貌與時代精神，是我喜歡的徑路與方法，從中知察文字符號如何追趕跑跳走到二十一世紀，語言不僅超展開並且充滿彈性力。

我常想像古典文人如何通過漢詩形式狀摹黑夜色澤呢，沒有電力設備卻在亭臺樓閣登高遠眺的年代，他們究竟到底看到了什麼？現在也是重讀賴和的黃金時機，舊語新字燒怕電的特色，賴的語言數十年後得以和路邊店招、民生用語遙遙呼應，讓人永遠無法忽視他的作品；流傳民間的歌仔冊本，紙上表音記字的筆法，總是想到學生時期的手抄歌本，這小本本像是一種有聲書，愛不釋手，原來聽說讀寫得以很方便很上手；徐坤泉希望他的作品具有不文、不語、不白的精神，多麼慶幸他留下這段寶貴的心得文，於是我們有了獲得廣大迴響的《可愛的仇人》；跨語作家的文字來自不同脈絡，他們重習中文的句法結構與布局方式，其中的美學根源又是為何，儼然需要更多更新的讀法；戰後省外作家吸納南腔北調於漢字系統，七十年代我們讀到軍中作家的故鄉敘事，彷彿聽到他們現身說著湖南山東河南北平的故事。年輕的作家還會一直來一直來一直來，而語言持續不斷地變化。語言的生命力就是文學的生命力。

我想起兩年前續約手機，換贈得到一臺液晶電視，把它送回老家，因著小年夜的強震，臉部朝下，完全毀損，於是我們換了一臺更大的。結果現在弄得小客廳變成大劇院，遙控器好幾副，還可以接網路設最愛，建立私人清單，母親忍不住說你外公外婆怎麼會用啊。我也覺得超級納悶。

曾是闔家觀賞的家庭空間，如今也能變成私人劇院，對著螢幕大聲說話方便選臺，前提是你要講得清楚說得明白。所以我們笑歪不斷對著電視練習發號施令，字幕卻始終無法捕捉母親的口音，總是把這齣戲讀成那齣戲，母親努力聲東擊西，字正腔圓，最後跳出更多毫不相干的東西。

最後母親問起用電視看電腦，這樣也有賣藥仔的嗎？我說當然有啊，可是你可以選擇「略過廣告」，大家現在看到這四個字都馬立刻按掉。略過廣告才能省下時間，時間啊時間。好久沒和母親一起看電視了。

大內楊先生十二位

聽故事的人

我讀小學年紀，一次午後三點，棗紅色廂型車固定開到家門對口，他們選中兩間民宅的騎樓當成舞臺空間，準備在此銷售據說掛有研究認證且明星推薦的康健食品。祖母坐在騎樓，對著客廳打著「超級任天堂」的我說賣藥的又來了。其實她是在自言自語，而我扔下搖桿來到鋁門窗前看去，這時看到工作人員正在擺放塑膠椅子，範圍就是兩個騎樓；再過半個鐘頭，山村東南西北鄉親民眾就要會合在此，因為來聽就有禮物可以拿：有時是袋裝的洗衫粉、有時是一卡水桶，都是日常重點用物，幾個月聽下不知拿了多少贈品，這下康健食品沒買倒是不好意思。

我以前就注意到，祖母從來沒有參與這項活動，但她就坐在騎樓聽著，聽著對面穿背心制服的銷售人員進行產品介紹，有時穿插才藝表演、機智問答，她也跟著原地拍手。現場活動尤以女性為主，我們平時都在路上看過，好幾位是我小學同班同學的阿嬤。人潮湧入的下午三點，我家門口乃至周邊民宅漸漸停滿機車，鄉間產業道路為此微型堵塞，我的新書活動從來也沒這麼多人。大家想聽走江湖話唬爛，同時也是敘敘舊。今天不用到田裡工作。祖母不為所動，故事聽得一清二楚，差別只是沒有贈物可拿。

人潮最為兇猛的一次，據說是電視上的大明星要來站臺，為此引來兩倍人潮，這位明星我們常在豬哥亮歌廳秀與八點檔連續劇看到，現身時刻引來地方媽媽尖叫歡呼。我偷吃步跑到二樓陽臺去看，真的看得比較清楚。一位阿嬤搬出她家客廳插花相贈，也有帶來自己種的愛文芒果，我們彷彿回到隨片登臺的年代，差別現在舞臺只是騎樓。這位明星究竟是誰呢？不告訴你。

這支賣藥隊伍前後說了一個夏季的故事，聽到我都知道活動流程：主持、串場、場控、維持秩序。聽到我都可以換算講出自己的版本，說不定讓我賣業績也會嚇嚇叫。夏季過了賣藥隊伍將沿曾文溪水往內山聚落而去，我們這支聽故事的隊伍又將恢復一般的作息。其中一次，活動結束，散會現場大家拎著禮物去牽車，好難得我看到一位阿公身在其中：一手拿了洗衫粉，一手牽著小男孩，最後牽出一臺淑女車，他是代替誰來買藥治病的嗎。這是他念小學的孫子嗎。作為唯一男性代表，身在其中他會否感到並不自在。或者他只是來聽聽故事看看才藝。問題懸在我的腦袋，直至目送他的人車消失長路盡頭，直至我也成為一名說故事與聽故事的人。

我們掌聲先歡迎聽故事的人。

GrandMa

我讀小學年紀，一次騎著單車，轉彎繞角從大內國小出發而後闖入三合院密集處，就在楊家古厝的小羊牧場附近，聽到了樹叢中傳來熟悉的哀號聲。

當下我就知道這是失蹤一陣的毛小孩黃仔——某年深冬突然選擇在我家騎樓住下的野生犬。黃仔平日跟著我們上下田地，一段時間因病藏躲起來，我們遍尋不著祂的身影。祂是聽到我一邊放雙手騎單車，一邊跟著同車堂弟七嘴八舌，於是認出我的聲音，祂在向我表達什麼呢。

我連忙下車，面對一片高過頭顱的草叢，就是找不到入口在哪，或者根本沒有入口，可以想見黃仔決心是要躲了進去。祂在生病，祂在靜養。我繞著草叢畫了一個大圈，哀號聲音越來越大，因此更加確定就是平常看前顧後，但是生性膽小又很懂得享受的黃毛狗。

當下我就飛車回家，通知正在廚房大粒汗小粒汗的GrandMa，但是她沒機車，於是找了伯公求救。黃仔平日出沒我們兩家的田地，此刻兩位長輩於祂而言是最熟悉的，而我在騎樓耐心等候，沒有跟上前去。大概過了十五分鐘，看見GrandMa坐伯公機車後座，抱著黃仔像是抱著看病回家的小孩，放祂騎樓四處打轉，這才知道祂的後腿被打斷了。

這場黃昏日落的救狗插曲，讓我從此對於黃仔多了一份心緒，我們之間有了屬於自己的默契。祂能聽懂我的聲音，我們之間是充滿信任。

黃仔平日除了在家，偶爾祂也會散步到離家最近的殘仔田地吃草，大概祂的體質天生不好，時常追吼路人的下場就是被打到掰咖。黃仔的膽小顯示在祂的怕鞭炮，我們又住廟邊，迎神賽會祂是能躲就躲，有次跑到曾祖母賃居的二樓，我看祂，祂看我，想說讓祂躲一下吧！笑笑先行下樓。黃仔的懂得享受也在於祂的不想被曬，有次熱到跑到二樓我的房外，偷偷吹著門縫流出的冷氣。母親看到一定被罵，但是我沒有趕祂。

一系列的地號書，就算文章沒有提到，我總能看到黃仔的身影，祂是我們家的第一代毛小孩，最後是被捉狗大隊撈走，時間還早於曾祖母過世，大概一九九八年尾聲。

我常在想黃仔有時我家、有時伯公家，在祂眼中我們有什麼區別嗎？在GrandMa的懷中靜靜躺著，GrandMa心中想的又是什麼。大家族的狗應該屬於大家族，眼前所見盡是祂的親屬。

我寫著黃仔的故事，起引畫面正是GrandMa從草叢將祂救回，緊緊抱住祂的身姿。不知GrandMa是否記住這件往事，她的孫子曾經慌張闖進廚房求她要救一隻狗。

讓我們掌聲歡迎GrandMa。

小家庭

我讀小學年紀，一次中午放學，完成功課之後躲上二樓房間，冷氣開放的房間，父親正在睡覺，他要上下午四點的班，我是鬧鐘，負責三點將他吵醒。狹仄的房間擠滿了一大床一小床，可以說一進門就是床，我喜歡把棉被平行床面鋪得齊整，然後當自己地底動物一般從床前鑽了進去，這裡形成一個臨時的山洞，洞中帶上幾本家族相簿，偷偷默默躲起來看。

家族相簿固定收在房間壁櫥，開本大小並不一致，沖洗出來的卻都是三乘五，每本相簿幾乎看到會背，最常翻的那幾本卻是在我出生之前便存在了，裡面的人物只有年輕的父親、母親，以及五歲以前、越長越高的大哥，三人構成的小家庭，在民國七十年代初期，已經從臺灣頭玩到臺灣尾：太魯閣、鵝鑾鼻、野柳……處處都有留影。我常通過影像之中他們身處的世界，想像原來這就是我尚未抵達的世界，他們就是我未來的親人。當時貌美的母親習慣穿著飄逸白色洋裝，抱著土灰色夾克大哥的她未滿三十歲；父親則是剛滿三十，恰是我現在的年紀。小學時期當我獨處，我就反覆複習這些照片，想像我來不及參與的島內行旅。十歲之前，我大抵是透過這種方式，不斷確認自己的出生，確認我是隸屬於一個大家族，也隸屬在一個小家庭。大哥說他看過母親懷孕的樣子。小家庭的小故事在我被產出那一刻旋即告終，而我一次又一次帶著相簿被穴匍匐前進又倒退而出。好久不見了民國七十年代初期的父親、母親與大哥。

我們掌聲歡迎曾文溪邊的小家庭。

曾祖母

我讀小學年紀，一次除夕圍爐，等到紅包大抵領取完畢，跑到二樓房間，立刻將門反鎖。我正在進行現金點鈔的動作，還拿了一本活頁筆記，逐條逐項寫下親屬給的金額，只差沒有寫上三字已簽收。曾祖母的行情永遠固定，後來我都笑稱這是今之古人的物價，史上絕無僅有的贈禮。我收到來自不知是清朝人日本人什麼人的大紅包。

過去幾年我去了許多地方講演，曾祖母的故事永遠述說不完且總是引來最多反應，我常說在我年紀最小之際，我是楊家離出生最靠近的人；而當時年屆百歲的曾祖母一定離出生最遠，但我們都與死亡相等距離。我常說畫面是這樣的：一個百歲人瑞與一個九歲男孩，站在二十世紀最後十年的南部山村樓厝騎樓，彼此是看到了什麼呢。我發現曾祖母的故事如同她的生命韌度強勢強盛，她不屬於傳記也不屬於小說，她屬於她自己，分類於她沒有意義，我也不喜各種區分。曾祖母的故事得以細水長流，她並非網路時代後人類，卻完全趕上網路時代語言，這到底又是為什麼呢。

我們過年時候，常在曾祖母起家的樓厝二樓打衛生麻將，她的房間即在二樓樓梯轉角，從不關門，於是我們路過得以清楚看到她是如何將自己從地方的媽媽活成地方的人瑞。她有自己的小瓦斯爐，主要依靠大同電鍋，懷有多道私房電鍋料理，所以我們笑說果然是國產的好，用大同電鍋吃到變成人瑞，阿奏當是最佳代言人。幾次看她正在料理，我們子孫駐足觀望，好像她在熬煮什麼驚人食材：她習慣將所有佐料混成一鍋，方便配飯吃很多天，第一次看覺得還新鮮，第二次看就覺得好像在吃，對，就是很像ㄆㄨㄣ，加上器皿生鏽，我們都覺得很不忍，勸她下樓跟我們一起吃很多年了，然而她真真切切是吃得身心勇健，樂在其中！好像我們誤解了這鍋菜尾，說到底是精力湯，百年精華呢。所以對她我還是不夠了解。不夠了解就要不求甚解。好久不見我的阿奏。謝謝妳打下家業，讓我們得以在妳庇蔭之下至今生活不太走鐘。

我們用最熱烈的掌聲歡迎曾祖母。

小祖先單行本

我讀小學年紀，一次農曆鬼月，初次聽聞祖母說起我們家這一位小祖先的故事。故事將在

《故事書．福地福人居》〈七月〉該篇文章闡述。這邊想要分享一個人物的發現與形塑，到底他是憑空孵化還是有所底本。

八月結束波士頓的訪學計畫，我們從東岸飛至西岸聖塔芭芭拉。出發之前預邀稿子期限已到，不再動筆會開天窗，於是我有了一次難忘的寫作經驗。我在向西飛行的飛機上寫，六個小時完成一篇短文綽綽有餘，偶爾通過機上小窗下看美國中部內陸地形，像是來到高中地理自修的插圖說明。抵達洛杉磯之後，我們轉乘巴士來到聯合車站，為了一覽特殊地貌，選擇沿著海岸的Coast Starlight，在提供方桌與茶點的Amtrak的八月，寫著一篇關於臺灣七月的故事。最後是在東岸西岸的時區換算、以及誤點形成的時間縫隙，縫縫補補，利用車上Wi-Fi安全送出稿件。

我已寫到時間感知大亂，從天上寫到人間，竟不知生在第幾次元，或者窗外地質景觀於我亦是開了眼界，遂也不知自己置身何方，時間空間都在跟我提問，我卻不知如何應答。然而特殊的地理風土，是否能夠召喚特殊人物？我初次將小祖先三個字刻印下來，心中竟有一股巨大的喜悅，我已預感這位精靈一般的新人足以盛載的敘事能量，亦同一旁的太平海景是無邊無界。記得稿件交付當下，列車停靠一座名為Ventura的小站，鬆了一口氣，我最喜歡的人坐在我的對面，等在眼前的又是一次難忘的行旅。行旅中小祖先的形廓越來越清，太平洋離我們並不遙遠，加州即將燒起的野火同樣距離不遠。

我想起小祖先是有牌位卻沒有墳塚。多年以來都由我家負責祭祀。小祖先有個本名叫做楊友讓，家中二男，所以是我的貝公。戶籍資料告訴我他是出生於昭和五年十月二十六日。卒於昭和八年八月五日。

現在讓我們掌聲歡迎小祖先。

姑婆群組

我讀小學年紀，一場元宵摸彩，全鄉半數聚集到了朝天廟口。這年可能還有經費，我忘記主辦方是鄉公所還是媽祖廟，摸彩券早已通過村長通路分送到各鄰各戶，誰家幾張都有平均分配，聽說不少家庭趁機多要幾張，感覺中獎機率可以高一點點。我們家向來興趣缺缺，主要有史以來得獎運離奇得低，因此從小學到家訓是凡事努力靠自己。雖是如此，我們還是碰碰運氣：聽說有次真的中大獎，現場報號遲遲沒人認領。元宵晚會最大獎固定是腳踏車，再來就是白米、水桶或者味精之類，感覺預算真的吃緊。

一件有趣的事情是，因為上次忘記領獎，其後我們參加摸彩，聽取報號實在太過麻煩，於是習慣在投入摸彩小箱的獎券紙上，順便留下家人的名字，方便主持人唱名，沒在現場至少鄰居也有認識，暫時先幫我們代領一下。摸彩這事通常都由母親張羅，多年來她詳列過的名單從曾祖母下至大哥，最愛使用我的名字，母親覺得自己名字太拗口沒用過。老實說真的很彆扭，國小時期每當抽獎時刻，我就躲到緊鄰廟邊的三樓陽臺偷聽，到底我是希望得獎還是不得獎呢？廟口好多同班同學，若是拿到的是頭獎就算了，抽中味精組合或是米龜分屍剩下的小袋包裝覺得超級尷尬。我真是好虛榮。

有一年，摸彩券，剩太多。我們多了兩倍的券量，母親不忘提醒要我謄記家人名字當作記號，然後說你比較會中，你也要寫。這種文書工作深得我心，抓到機會，我寫了曾祖母、祖母、父親、叔叔、大哥的名字，其實沒有規定名字只能一張一人，但我不知哪來的公平魂正義感，希望大家全都有份，自然是沒有把自己寫進去的。最後剩下一張，因為理解母親不愛她的名字被念，私心把她略了過去，於是腦海轉了一圈，我就寫下了姑婆的名字。

姑婆名字筆畫繁複到我根本像用畫的，單名姓楊叫做孽，不是楊烈是楊孽。當時出嫁大內將近七十年了，偶爾回來看曾祖母，她是我心中的模範女兒，我很喜歡她，所以想把位置留給她。母親知道我開出的名單如此荒腔走板，她說曾祖母都阿彌陀佛了，要是得獎怎麼辦。我心想那不是很好嗎，母儀天下。那似乎是千禧年第一個元宵節，我們剛剛結束了曾祖母的大葬禮，心神惚惚恍恍，不久之後媽祖廟要擴建，我們的三合院就要拆了。那個夜晚最大獎品還是腳踏車，不過是變速的。然後那個晚上姑婆楊孽得獎了。

我們掌聲歡迎好久不見的小姑婆。

打赤膊的人

我讀小學年紀，一次外出補習，我在教學大樓鋁門窗邊，編織想像衛星城鎮的開發次序：這邊國小、那邊公所、鐵軌在遠處，鐵軌附近是陸橋。這時我注意到了對棟公寓陽臺，走出一名打赤膊的年輕人，下身穿著短褲，他正在收白汗衫紅內褲。排骨酥的年輕人，沒有轉身入內，倒是靠著女兒矮牆，與我同樣打量這座衛星城鎮。他的樣子大概二十出頭，像極了父親壘球隊伍的大哥哥們。剛剛退伍的模樣。

一段時間，週日母親上班，我就跟隨父親與其球隊，不斷遷徙臺南縣境各個中學，尋找操場或者空地當成集訓空間。為此得以更加深入不同教學現場。我去過很多假日無人的空蕩學校，趴在門窗深鎖的教室外邊，研究每間教室的公布欄牆，同時在風雨走廊欣賞才藝競賽榮譽榜，獨自聽取各處室報告。

我從小習慣團體生活，大家族是個大團體，加上父親的球隊，廟會的隊伍，學校生活……於是造就無論如何我也要勻出自己時間的生存技能，以及想盡辦法刷到存在感。打赤膊的年輕人不知道有沒有看到我，這是週三下午上班上課時間，他為什麼會在家裡呢。

這支壘球隊伍又是怎麼組合而成。沒有電視演的那般勵志熱血，我甚至不知最後何以帶開解散。二十世紀最後十年曾文溪邊一支以宮廟為名的慢速壘球隊。隊名叫做清水。清水祖師的緣故。

當年清水小隊的成員如今都過四十歲，或者外出打拚或者留在鄉里，或者搬到衛星城鎮如善化新市。熱血的勵志的之外可能還有別的，比如離開的方法，挫折的過程，或者沒有緣由只是想走。慢壘的故事適合慢速講述。我已多年沒有想起這群人了。

我們歡迎打赤膊的人。

通報水情的小男孩

我讀小學年紀，一個無事午後，騎著單車的我，發現了一朵菇骨粗實、而菇帽飽滿的雷公菇。一眼我就知道這是一朵好菇，可是這裡怎會發菇呢？我正騎在一段前後並無人煙，靠近曾文溪河床地的林中路，以為會有第二朵第三朵，卻孤單一朵站在那裡。彷彿某場閃電交加陣雨過後，它就生在那處等候我前來指認。

我要不要把它摘走？從小到大路上看到什麼我都不太敢撿，記得有次同樣無聊單車晃蕩，我在市場附近撞見地上一張五百大鈔。我騎了過去，又騎了回來，始終沒有勇氣把它撿起，等到母親下班趕緊通報，趕去現場已經什麼都沒有了。母親說怎麼這呢無膽。其實我是擔心撿了要娶鬼新娘。電視都是這樣演的。

然而那天毫無思慮的我就拔起一朵雷公菇，放在車籃騎到靠近河床的港仔地，這塊地是我的最愛。那時河堤正要修築，港仔確定劃入，我們還有耕作，不少田地自行拋荒。前往港仔的路上，為此顯得更顯險峻，總是積著雷雨積下的大小水窪，從中騎過立刻噴出兩道水弧，我會把自己的拖鞋與小腿弄濕。腿要抬高。

夏天水勢盛大，冬季河水淺近。最後來到港仔田地，某個角度得以看到曾文溪水，我根本離河床超級近。我與雷公菇相遇是在夏季，那日河床水高得離奇。水庫洩洪的緣故。

最近我下載了一個APP，得以隨時查詢臺灣水庫的即時水情，前陣子鬧旱災開始分區限水，因而更加密切注意水位降升。我覺得水情兩字特好。這裡我就有個關於水情的故事。

來到港仔之後，這時遇到一名陌生青年，看起來是個高職生，身形屬於黑乾瘦，可是感覺健康，他身穿白色上衣卡其短褲，像是某間學校的制服。他的上衣花紋有朵紅心A特別刺眼，紅心A繡在胸口位置，細緻大方。他的旁邊站著一名小女生，儼然一對早發的情侶。二十世紀最後十年，我也常在小學看到不知哪來的男孩女孩正在約會，約會就是玩遍各種遊樂設施，地球儀、盪鞦韆，最後站在將拆校舍的二樓走廊拉小手看遠方。沒想到這次居然跑到河床地。小女生哭得極其傷心，我才注意旁邊停妥一臺摩托車。書包擱在上面，猜的沒錯是一間高農與一間家商的CP組合。

我不知道要說什麼，心跳快得可怕，胡亂講了一句今天水庫放水，接著掉頭騎車趕快溜走。之後回到家中，又聽到公所繼續洩洪的廣播。南部臺灣連續下了兩週大雨。不知他們最後有沒有離開呢。

我們歡迎通報水情的小男孩。

落落大方的人

我讀小學年紀，一次果子採收，這時農友親屬，開始到處找尋誰家冰箱的冷凍庫得以商借拿來凍酪梨。

二十世紀最後十年，酪梨牛奶直是我們暑假生活最佳飲品，一杯外面賣得貴桑桑，於我而言如同白開水，冰箱總是好大一缸。我們農家的酪梨銷路總是不壞，如果有剩習慣切塊藏起，繼而引發冷藏空間不足的問題。有些農家乾脆買來一臺超商可見的推門冰箱，可以想像產量相當驚人。

不知為何祖母或者母親總是一眼即能辨識冷凍庫內各種結霜冷藏面目全非的食物，歷史悠久端午粽、破布子、小美冰淇淋、冬至菜包、元宵湯圓、家禽奇怪部位……凍得很像我們住在極地，天天都是永夜。平常根本不想打開，我甚至很少使用冰箱。

有年暑假我家再度因著無路可冰酪梨大傷腦筋，當時一個從外地回返大內的臺中親戚，暑假幾乎都跟我們膩在一起，間接聽到祖母與我的談話，想要解決他口中五嬸婆的煩惱，自告奮勇說他家冰箱應該有路。

臺中親戚身處三合院人際樹網的枝葉末端，他的祖父祖母都已故去，故鄉只剩叔嬸，住的就是叔嬸的房舍。這對夫妻生活低調，很少在祭祀或婚喪場見到，聽說頭路相當不錯，有一臺休旅車。

臺中親戚大主大意，當天回去就與他的叔嬸報備，隔天跑來宣告說完全沒有問題，主動拿來籃子說要幫忙裝。目前至少還能冰上七八大包。這怎麼好意思呢。平常沒在互動，突然跑去借電。人家也不好回絕吧。我們祖孫聽得目瞪口呆，接著各種顧慮陸續浮現，心想真是闖了大禍，而我們才打算換一臺大冰箱啊。

後來我們當然沒有去冰。祖母卻說這孩子真大方有憨膽，我聽了進去期許自己也要有憨膽真大方。祖母順勢乾脆送了幾包酪梨切塊，並且分享各種吃法。臺中親戚開心領受。事後我就細想：說不定人家叔嬸是真正歡迎。

臺中親戚大我兩歲，他說他們學校一個年級二十班，他就讀五年二十班。獨生子，甚喜鄉野生活，和我一樣當然姓楊。最後也最近一次見他是在我們共同親戚的喪禮，不知他念哪所高中，腳上穿的是最流行的愛迪達，戴著大家皆有的粗框鏡。我沒有過去招呼，怕不認得不好意思。

讓我們掌聲歡迎落落大方的人。

遠親

我讀小學年紀，一次春節初三，祖母伯公剛好站在各自騎樓，冬天的鄉間道路，零星走著不同型態的一家人。他們穿著新衣，像是才剛回來或者下午要避開國道塞車的遊子。而我穿上毛茸茸連帽灰色外套，感覺自己像一粒灰塵，跟著走到了亭仔腳。我只是單純想從祖母伯公視線向外看出去，看看過年過節在他們而言還剩下什麼。

伯公彼時快要八十，剛剛喪偶，祖母七十人家，安安靜靜的一個行人，這時走過了我們各自的家門。我不知道當下此刻兩老有了注意。伯公踱步來到我的家門，對著祖母問起：伊甘是某位人。斷斷續續鞭炮聲響。冬天鞭炮彷彿從曾文溪或者更遠的工業區送來，或者鞭炮是小店去年沒有賣光，音質如同一種新型電子鞭炮。

祖母才說她也感覺十分面熟呢。親像四十年前搬去高雄左營彼摳。安怎熊熊轉來啊。故事就此打住。我並不知道這位行人是誰，但我知道自己已經無法從這樣的氣氛脫身。吸引我的不是他的身分、來歷、去處，而是當下隔絕話題之外的我，因著這位冬天遠行歸來的行人，而與祖母伯公瞬間成了同一時空的人。

遠親距離有多遠呢。像是因著種植間距太近彼此靠傷，樹幹承載過重而誤打地表的金黃愛文，像是我們三人見到這事反正是祕密，要不要這段關係可以自己做出抉擇。像是偶然臉書串流接到的一位表哥姊弟妹，在他們年節潑出、權限全開的家族照片，無意間像是童年趴在人家窗門，看到了曾祖母出殯之後從此少在相聞的誰與誰，如今業已有了屬於自己的枝與葉。

最後我們掌聲歡迎遠方的親戚。

賀！這個新郎：
楊富閔、許明德的越洋文學對談

明德：富閔，讀完這十七篇作品，感覺心中五味雜陳。我想，即使是不熟悉臺南大內的人，都會被你所訴說的生活點滴所打動。你帶領我們從《花甲男孩》的視野，回溯了自己成長的起伏，記錄了自己家族的變化。一方面，囝仔的日常使我心馳神往，有時彷彿真的會看到你和家人在三合院的身影。另一方面，我總覺得隱約有一種悵惘，恰恰因為這種日常太可愛了，總感覺這種生活往往就在消失的邊緣。我想，不如先從你在選擇作品時的心情談起。當你現在回看這些篇章，徘徊在說故事和聽故事之間，你是怎樣看待以往的自己？你寫作時的感受是怎樣的？現在讀自己的篇章時，你的心情有沒有什麼變化？

富閔：謝謝明德。這本名為「自選」的集子，以過去十年來的文字創作為收錄範圍。篇目很快就決定好了，甚至早早就在我的腦海，即有一本名為「賀新郎」的自選集等在那裡（二〇一六年這個名字它就出現）。或許從事文學研究的緣故，我喜歡整體性、脈絡式的看待一個作家的從開始到現在，而這本選集於我正是一個節點。篇目底定之後，化身成為讀者，很快我也發現，選集本身的審美準則仍是我最在意的語言文字。這些作品有我對於文體的摸索與追求。編選的時候，不是因為寫了什麼，而更可能是文章體現的文字、語法、觀點，我覺得很有趣；或者文章本身更像一種容器，讓我想起這篇文章，腦袋浮現的其實是一個「載體」，可以仲介而出更多的故事；當然，這十七篇文章，彙整成為一本新書，它將內建一個時間性的敘事理路，我覺得這個理路是文章自己手牽手，自己走出來的。我們可以看到一支空間從三合院出發，時間跨越世紀的失散隊伍，人物散在護龍、無尾巷、芒果園、曾文溪堤，我列隊其中，時而脫隊，時而乖乖排好。有時拿著手機側錄，有時東張西望，有時大開直播，有時就只是隨隊低頭默走。

明德：你提到二〇一六年「賀新郎」這三個字就已出現在你的腦海裡了。這書名讓我首先想到的是詞牌的名字。這詞牌背後也是個有趣的故事：傳說蘇軾在錢塘時跟其他人會飲，其中一個歌妓因為沐浴倦睡，所以遲到了。蘇軾於是在席間便為這歌妓填了一首詞，其中有「晚涼新浴」一句，後來就衍生了「賀新涼」這個詞牌。「涼」與「郎」音近，所以後來又從詞牌的名字「賀新涼」變為「賀新郎」了。你當時怎麼會想到取這個書名的呢？

富閔：「賀新郎」三個字很有戲。我想它是戳中我的美感神經，體現平常我在拆解漢字的慣習。首先我喜歡賀這個字，而賀又與臺語的「好」同音，賀可以是個姓氏，也可以是練功、揮拳與施法的一個狀聲——賀！新郎則與新人音近，它有性別上的一個頓挫，加上

「新人」本是一個相當複雜的論題，同時「新」在戰前戰後的臺灣文史脈絡也是關鍵概念；最重要的是：這是我對自身文字事業的一個冀許。賀新郎三個字可以共構、串流而出許多不同解法。也許這是我的一個人設，啟動以後十年，或者更久的寫作生涯。之後也會以此篇名，撰寫一篇叫做「賀新郎」的小說。我對文學其實很有信心，我對未來也是充滿狂喜，到現在我仍會將自己的草稿印出，跑到影片店用最簡便的方式，做成一本如同結案報告的手冊。這是一本限定版的試讀本。接著拿出一枝鉛筆，在一個睡很飽，沒人吵的早上，慢慢看、慢慢改。我覺得這是創作最迷人的時刻。

明德：你的作品中有時也會從後設的角度提到創作迷人的地方。〈字幕組創作課〉就是一有趣的例子，其中你從「賣藥仔」一詞出發思考語言風貌和時代精神的關係。這次因為你的選集把不同時期的文章並置在一起，所以我很好奇你自己怎樣看待自己使用語言的方式。這其中是否有什麼變化？

富閔：這篇文章原本收在《故事書：三合院靈光乍現》。這是我很喜愛的一套概念創作，它也是我對創作方法的一次實踐——我想寫一「種」書，而不是一「本」書。書裡面的文章，可以拿來當成舊作的後記，可以變成未來新書的序文，這套書在我自己的創作路上，它更像一種文學的發明。我很開心完成了不太討好、但可以堅持理念的《故事書：福地福人居》與《故事書：三合院靈光乍現》。這要感謝九歌支持我的想法。而〈字幕組創作課〉是當中一篇關於創作的宣言。這十年來，接觸到海量的文學史料，發現文學路上我不孤單。我看到一路以來，身在這座島上的文學創作者，他們對於語言文字的豐富思考，以及他們想過、問過、討論過什麼問題。同時知覺漢字文化在不同歷史階段的再造與變形。臺灣的語言真的很熱鬧。其實處在這個內容世代，大家都在祈求一個好故事，但對方法的探究是比較欠缺的。對我來說，反覆丈量自身與文字的距離，納科技於人文，以此形構特殊的創作文論與文體，朝向一種或者多種寫作方法學的建構，是我會鍥而不捨去追問的永恆的命題。

明德：你的作品的確常常在探尋新的說故事的方法。〈暝哪會這呢長〉摻合了部落格的內容，也把流行曲帶進敘事裡；《故事書》則收錄了你以往的日記，甚至日曆紙、舊筆記、圖畫作品。我覺得你一直在作許多不同的實驗，我們可以讀到非常一名臺灣孩童及其豐饒的內在世界與他的日常生活。而在方法上，你正不停以文字此一媒介，在紙上進行各種的「跨界」，向歷史調度資源，但卻是一個前進的身姿。我特別好奇的是：這與你的臺灣文學研究，是否有所關聯。

富閔：選擇不同素材豐富文字書寫，自然也在嘗試把文字得以擘畫而出的視域擴大，以此找到更多詮釋與識讀的空間，製造更多媒合與連結的縫隙，用你的話來說，就是探索說故事的方法。或許寫作與研究雙軌並進的緣故，讓我清楚感知：當前對於文學的定義，已經無法滿足於我，我們需要重新去問什麼是文學。就以作家個案研究來說，我很喜歡全集式去理解一個作家，編纂作家年表，加上我又對舊刊物很迷戀，常常重返作家作品的「現場」，我會很想知道他們試過什麼方法，所以作家的文論相也很重要，它與作品本身形成一種對峙的狀態。而作為一個身在臺灣的寫作者，我也常提醒自己：還有很多面向要去嘗試，這幾年的跨界經驗，讓我把心完完全全攤開，而我喜歡的作家也都具備跨域的特質。

明德：我很喜歡〈為阿嬤做傻事〉一篇，其中你特別提到自己的創作過程：這篇文章早在阿嬤離世前你已開始動筆，但後來完稿時她已經不在。其實除了這篇以外，你在其他的作品裡都會觸及親人亡故的事。我覺得很特別的一點是你在書寫生死的事情上，總能以平靜的方式表達自己的哀傷。我想聽聽你怎樣在自己的作品處理這些情感。

富閔：我從小在大家族長大，祖母是我相對親近的一個長輩，以前我每天追著她作殖民地歷史的口述，幫她解超多奇怪的夢，聽她談著我們這一宗族的各種掌故，其實她不愛出門，因為她腳不好，個性也很低調，她只喜歡跟我說，而我也很能聽，很能問。這樣的掏心掏肺，每天我們都在客廳上演真情指數。〈為阿嬤做傻事〉這篇文章長一萬多字，完成速度快到不可思議，這也是唯一一篇，我寫到哭出來的文章。那是二〇一三年，書在排版、設計等流程，祖母突然過世，正在守喪，我記得，我的信箱同時出現兩種東西：一個是出版社寄來的電子檔文稿；一個是葬儀社寄給我校對的訃聞。不同的主題，本質上是一樣的事，我對創作的態度突然變得超級嚴肅，不管對於文字、對於祖母，乃至正在寫作中的自己。後來我跟編輯說，留給我一篇大稿的篇幅，大稿有多大呢？那時的責編逸華非常體貼，他說儘管來！儘管來。因為他的打氣，我就安心地關起門來，將《解嚴後臺灣囝仔心靈小史》的最後一篇完成。這也是我很愛的兩本書，許多文章後來被編入很多選本，我開始大量進入校園演講，也是始於這一套《解嚴後臺灣囝仔心靈小史》。

明德：你的祖母，甚至諸多女性人物：曾祖母、母親，她們在你的作品，扮演相當重要的角色，特別是祖母跟你說的殖民歷史和宗族掌故。我想你的童年生活，想必對你的寫作有很大影響？可否簡單談談你的文學養成。

富閔：我的文學養成超不文學。大家族的生活，充滿各種儀式性的場面，我的童年因此非常熱鬧：誰家在嫁娶、誰家在謝土、誰家神明聖誕千秋、誰家在煮油飯、誰家在辦喪事，祖母與我，常常「代表」我們家，出席在上述的種種場合，所以聲光影音的感官刺激，比起文字書寫，可能對我的影響更為直接，效果更大。新版《花甲男孩》書封有個文案——從儀式到文字、從說話到寫作、從音聲到風土、從鄉域到想像。可以說是我對文學的一個自白。此外，從小就是電視兒童，那時我的房間，有一臺父親尾牙抽中的超小電視，不用跟大人搶。但我看電視有個自覺，就是知道自己想看什麼，一大早會去翻報紙看節目表，把喜歡的通通用螢光筆畫起來，以此規畫我的二十四小時，那些節目：比如介紹臺灣山川的行腳踏查、在地小人物的勵志故事，鬼影追追追，臺語歌唱大賽，豬哥亮歌聽秀的各種版本。我好像已經在「自主學習」，建構自己的審美，並且學習從臺南大內出發，去觸摸世界的邊界，去感知世界離我多遠。

明德：難怪我總會在你的作品中看到許多流行曲和電視節目。現在你其實也轉而成為了新興媒體的一部分。從〈暝哪會這呢長〉拿到臺灣文學營創作獎首獎，你在這些年來做了許多跨界的嘗試——《花甲男孩》改編成電視劇，《我的媽媽欠栽培》則變成了臺灣新歌劇，文學作品的跨界製作，也讓我們看到富閔作品的多重面貌。我知道你一直希望寫成一個老作家，放眼未來，你希望以後會有怎麼樣的嘗試？

富閔：文學改編或許不是新的題目，古典文學的經典演繹比比皆是，但在當代新興媒體的視野，我們現在理解一個故事的方式，正在劇烈變動。瘋傳、截圖、追劇、人設……這些詞語的運用，也在暗示一種新的識讀模式的誕生，而作用其中的語言文字，正在熱切等待我們將它重新定義。對於一個文學創作者，我感興趣的仍是：文體如何與媒體繼續天雷勾動地火，文字如何展現它的「燒怕電」的特色，跨界是一種破壞，如何在跨界之中，保有一份語言的自覺、文學的清醒，越來越難，但我願意繼續挑戰。《花甲男孩》的各種改編，提醒了我一種故事，怎樣各自表述；《我的媽媽欠栽培》結合傳統國樂，融合美聲歌劇、偶戲，歌仔戲等形式，最後變成一種無法定義的新的發明。其實二〇一六年參與「書店裡的影像詩第二季」，走訪臺澎金馬四十家獨立書店的踏查書寫，我就已在慢慢離開學院、回到文學的第一現場，並嘗試結合兩種視角，去探問文學在當代的意義究竟為何。我的跨界之旅是根基在自身的寫作脈絡，可以與我的作品產生連動效應。所以，我要做的，就是繼續努力把自己的作品寫好。

明德：談到你的各種嘗試，我知道這一年來，除了在創作以外，你還一直在不同的大學授課。教學的經驗對你的寫作有什麼影響嗎？

富閔：這幾年來穿梭在臺灣各地的各級學校，演講場合從國小國中到碩博士班，這些經驗對於我的文學寫作與文學教學是很有助益的，我在到處說故事，認識讀者，同時練習當自己的聽眾。真正進入大學教室開始談授文學，則是讓我的思考變得更加立體，原來只是紙上天馬行空的各種宏大遠景，有了一個具體落實的對象。我發現其實我對於研發「教材教法」的興趣也很濃厚，同時，我想我們可以嘗試重新去問什麼是「教室」。我們都去過「音樂教室」、知道有「舞蹈教室」、「美術教室」，那麼：文學可以有文學教室嗎？我覺得，我與學生就是在拆解、裝潢與重構一間文學的教室。它非常地動態。加上我又很愛寫，所以常常在寫教學日誌，反思每一堂課的班級經營。這些日誌又與我自身的創作，形成一種對話關係，隱隱然朝向一種文論的建構，等於把我既有對於「文學」的認識，推得更深更遠了。

明德：最後，我們來談一下未來的規畫吧。

富閔：謝謝明德。寫作、研究與教學，猜想是以後我的生活的主場景。就拿寫作來說，《賀新郎》作為一個十年的自選，它也在提醒未來十年，乃至更久的時程：怎麼寫？寫什麼？過去十年，我替自己的文字工程鋪下許多基礎建設，加上身心狀態也漸漸成熟穩健了，整個人，比較「深刻」，也比較有肉一點（搗臉）。我想我不會停止創作，並且滾動式地去理解什麼是「創作」，確實手邊已經寫完另外一本新書。繼續開展文學與歷史的對話、不同藝術媒材的跨域連結是一定要的，而我要做的就是深耕心靈的內容，墾拓想像的疆域，讓自己的生活充滿創造力。

＊許明德，哈佛大學東亞語言及文明系博士。研究興趣包括元代文學與族群問題、明清戲曲及詩文評論等。曾發表〈西遊：中亞紀行與蒙元帝國的建立〉、〈感舊與奇情：略論豹翁三〇年代初的兩部世情小說〉、〈明清之際夏允彝之死及相關悼念詩文之敘事策略〉等論文。

賀新郎：楊富閔自選集

國家圖書館出版品預行編目（CIP）資料

賀新郎：楊富閔自選集／楊富閔著．-- 初版．-- 臺北市：九歌，
2020.06
288 面；14.8×21 公分．--（楊富閔作品集；6）
ISBN 978-986-450-296-7（平裝）
863.55　　109007780

作　　者 —— 楊富閔
責任編輯 —— 張晶惠
創 辦 人 —— 蔡文甫
發 行 人 —— 蔡澤玉
出　　版 —— 九歌出版社有限公司
臺北市 105 八德路 3 段 12 巷 57 弄 40 號
電話／ 02-25776564・傳真／ 02-25789205
郵政劃撥／ 0112295-1

九歌文學網　www.chiuko.com.tw

排　　版 —— 綠貝殼資訊有限公司
印　　刷 —— 晨捷印製股份有限公司
法律顧問 —— 龍躍天律師・蕭雄淋律師・董安丹律師
初　　版 —— 2020 年 6 月
定　　價 —— 350 元
書　　號 —— 0111606
I S B N —— 978-986-450-296-7